恋愛嫌い

平　安寿子

目次

恋愛嫌い

恋が苦手で……

1

「田之倉《たのくら》、付き合ってる人、いる？」

焼酎《しようちゆう》のお湯割りで頬《ほお》をほてらせた福島《ふくしま》が、肩越しに視線を寄こして、そう訊《き》いた。

ほーら、きたきた。喜世美《きよみ》は目を天に向けた。タラノメ天ぷら。ウド皮のキンピラ。あさりの酒蒸し。ざる豆腐。カウンターの上に吊《つる》されたお品書きが、空調の風で揺れている。

「福島くんは？」

質問に質問で答えるのは卑怯《ひきよう》な手だが、こんな会話はしたくないのだから仕方ない。

「うーん。いないと言ったら嘘《うそ》になる」

「やな言い方ね」

「微妙な感じでね。別れるか、このまま行くか、その瀬戸際ってとこ」

福島はさばさば言うと、カウンターの中で働く女将《おかみ》にブリ大根を注文した。

おでんや焼き物、揚げ物の湯気がたちこめる小さな居酒屋は、カウンターとひとつきりの四人掛けテーブルを埋め尽くした酔っぱらいの声がかまびすしく、色気含みのやりとりも冗談みたいに軽くなる。

けれど、今の喜世美にとって、この展開は非常にまずい。九年ぶりの再会で、互いの近況報告や高校のときの思い出などあたりさわりのない会話を交わすものの、妙な距離があってちっとも面白くない。福島は弾まない会話の隙間《すきま》を埋めるように焼酎をどんどん飲み、そろそろタガがはずれてきた。

微妙な関係の彼女がいると聞いたからって、どうすりゃいいんだ。

同い年の男と女が二人きりで、飲み屋のカウンターで打ち明け話。知らない人が見れば、カップルだ。でも、違う。違うが、一人がもう一方に決まった相手がいるのかどうか確かめる、そのココロは？

そこを考えると、喜世美はヒヤヒヤしてしまう。

それは、昨日のことだった。

喜世美が勤めているコンタクトレンズ販売店に、キャリーケースをひきずった男が駆け込んできた。

「すいません。出張で来たばっかりなんだけど、駅でコンタクト落としちゃって。メーカーと度数は、このケースに書いてあるから、同じのを」

レンズの保存ケースを差し出した男は、受付に立った喜世美を見て、目を丸くした。

驚いたのは、喜世美も同じだ。黒縁の角張った眼鏡のせいで少し印象が違っているが、この顔には覚えがある。いや、覚えがあるなんて生やさしいものではない。こいつのことは、よーく知っている。

「福島……さん？」

かろうじて、敬称をつけた。そのうえ、疑問形。福島はそれでようやく安心したように、パッと顔を輝かせた。

「たのくらあ。やっぱり、おまえかよ。えー、わー、すげえ偶然」

大声なので、店内の持ち場に散らばった同僚がみんなこちらを見た。受付奥の事務室から首を伸ばした店長の非難がましい視線も感じる。職場で私語は厳禁。喜世美は背筋を伸ばし、にこやかな営業笑顔で軽く頭を下げた。

「お久しぶりでございます、福島さま。ご用件をもう一度」

こちとら、御年《おんとし》二十九歳。新人に受付業務のＡＢＣを教える女性スタッフのリーダー格だ。友達が遊びに来たら、あたり構わずタメロでしゃべりまくる学生バイトとはわけが違う。

福島もすぐに察して、「あ、えっと、つまり、コンタクトレンズをなくしちゃったもんで、至急調達したいんですよ」と、早口で事情を説明した。

そして、レンズ購入の手続きを説明するあいまに、携帯番号とメールアドレスを交換した。

レンズを買った福島はさっさと出ていったが、すぐにメールが入った。二泊三日の出張で来た、今夜は取引先と会食するが、明日、そちらの都合がよければ一緒に夕食をしたい、都合はどうか、とある。

しばらく、考えた。

会うのはいいが、会って一体何を話すんだ？

福島は思いがけない再会を無邪気に喜ぶ様子だが、喜世美は違う。戸惑い、混乱し、イヤな気持ちにまでなった。抜き打ちテストを強制されたみたいだ。

聞いてませんよ、そんなこと。そう言いたい。

しかし、誘いをむげに断るのも気が差す。まるで逃げてるみたいじゃないか。というか、もろ、逃げだ。福島もそう思うだろう。田之倉、逃げたな。そして、傷つくだろう。

それでは、いけない。そんなことをしたら、こっちにだってわだかまりが残る。お互い、いい年をした大人だ。さらっと会って、楽しく思い出話をするくらいのこと、できないのか？

自分に喧嘩《けんか》を売る勢いで、喜世美は福島に会食了解の返信を送った。そして、こうしてカウンターで肩を並べているのだが、ヒヤヒヤしているのは昔のことを蒸し返されるのが怖いからだ。

喜世美は、世の女性たちに問いたい。初めての男と忘れた頃にでくわしたとしたら、あなたは嬉《うれ》しいですか？


福島は、地方の不良債権になりかけている土地や建物を安く買い上げて再生させる不動産ディベロッパーに勤めている。その都合で、出張ばかりしているそうだ。

「年中バタバタしてるから、デートもままならないって感じでね。向こうは不満らしいんだ。それで、機嫌をとるのに疲れると、ああ、こんなの、やってられないと思う。その反面、いずこも同じビジネスホテルの殺風景な部屋で着替えなんか詰めてると、なんか寂しくってさ。今から帰るよなんて電話して、何時頃着くの、じゃあ、ご飯作って待ってるからとか、そういうやりとりしたいなと思うんだ。まあ、そこまで甲斐甲斐《かいがい》しい奥さん期待するの、無理かもしれないけどさ。それでも、お帰りなさい、ただいまっていうのをやりたくなるんだよな。だから、いっそ結婚しちまうかと思わないでもない。向こうは、こっちがそれを言い出すの、待ってるみたいだし」

内部事情を、くつろいだ感じでスルスルしゃべる。喜世美が気の置けない旧友だから、安心してこぼしているのか、それとも相談したいのか？

「だったら、さっさとプロポーズすれば」

つとめて明るく意見を言うと、福島は唇をとがらせ、苦笑いした。

「簡単に言うなあ。どうでもいいと思ってるだろう」

「そんなことないよ」

「田之倉は、結婚とか考えないの」

「わたしは今のところ、そういう相手がいないから」

あ、さっきはぐらかした質問に時間差で答えちゃった。

「そうかあ」

今度は福島が、目を宙に向けた。かと思うと、首の運動をするみたいにガクンとうつむき、ぼそっと呟《つぶや》いた。

「俺《おれ》、昨日、田之倉に会ったとき、ドキッとしたよ」

「わたしも驚いた」

「いや、驚いたとか、そういうんじゃなくて」

肩越しに視線を寄こす。喜世美はあわてて、ガンモドキにかぶりついた。

「今も、ほんとはちょっとドキドキしてる」

それは、どういうドキドキだ。何かを感じているというのか。それとも、単に、今夜やれるかのほう？

そっちのほうだと思うけど、九年ぶりに会って、いきなりそれは、いかがなものか。福島との間には経緯があるが、それはすんだことだ。しかし、福島はそう思ってないかもしれない。あわよくば、焼けぼっくいに火をつけようという魂胆か。ガンモドキから飛び出して喉《のど》に詰まった銀杏《ぎんなん》に目を白黒させながら、喜世美は必死で考えを巡らせた。

相手がどうあれ、肝心なのは自分の気持ちだ。しかし、それがどうにも、はっきりしない。銀杏は難渋の末、食道から胃へ転がり落ちたが、ハートにつながる喉元にへばりついた得体の知れないわだかまりがますます膨らんで、息苦しいったらありゃしない。

2

喜世美は、恋愛が苦手である。実践はもちろん、恋愛一般に対して語る、いや考えることさえ、からっきしダメだ。

得意な人など、いないのだろう。うまくいかないから、女性雑誌の占い欄には必ず「今週の恋愛運」があり、モテるメイクやヘアスタイルの特集が繰り返され、恋愛運を向上させるグッズの広告が溢《あふ》れかえるのだ。

しかしなあ。メイクやヘアスタイルでひっかかるような男と付き合って、嬉しいか？恋愛運向上グッズを持っている者同士が恋敵《こいがたき》になったら、どっちが勝つの。

こんな突っ込みを入れずにはいられない。「なんとかして、恋愛がしたい」という欲がないから、世をあげての恋愛願望ムーブメントには距離が生じる。

本屋に行っても、映画館の看板を見ても、「こんな恋がしたい」「切ない思いに涙が止まらない」と泣ける恋愛ドラマの決定版ぶりを競い合っている。恋愛願望にとりつかれた女たちはそこにも群がって、思い切り感情移入できるらしいが、喜世美はまったくノレない。

雨の中で傘も差さず、あるいは空港の雑踏をかきわけて走った末に、衆人環視の中で抱き合い、よだれがこぼれそうな長々しいキスをする。かと思えば、横断歩道の向こうから、歩道橋の上から、浜辺から海に向かって、声を限りに叫ぶ。俺はおまえが好きだあ。

こうした場面を見るたびに、つい、こう呟きたくなる。婚約指輪は給料の三カ月分が相場です。あなた、払えます――？

こんな冷ややかな態度を、とある恋愛ドラマ好きに叱《しか》られた。

恋愛ドラマはファンタジーだ。見るほうも、それはわかっている。だからこそ、臆面《おくめん》もなくセンチメンタルでなければいけない。それを楽しめないのは、想像力が足りないせいだ。感情の量が、生まれながらに少ないのだ。何かに夢中になったこと、ないでしょう。だけど、退屈もしないのよね。だって、あなたが退屈そのものなんだから——。

ひどい言われようだが、反論できなかった。当たっていると思った。

ファンタジーならざる普通の男女関係は、会って、しゃべって、食って、飲んで、やって、喧嘩して、仲直りして、やってを繰り返し、そのうち、お互い「飽きが来ないし、そろそろかな」と思える相手と結婚する。そんなものだろう。しかし、その普通の、会って、しゃべって、やってのパターンの中にも「わたしがヒロイン」のドラマはある。女たちは心一杯悩み、涙にくれ、友達に愚痴り、ときに幸せを吹聴《ふいちょう》する。

だが、喜世美に限って、それはない。

尼僧のような禁欲生活を送っているわけではない。ボーイフレンドはいたし、セックスも嫌いではない。だが、切なさのあまり涙にくれる的な経験がない。今、わたしは恋をしてるんだわとうっとりしたことも、ない。会いたくて会いたくてたまらず、身もだえるというのもなかった。

感情に溺《おぼ》れない性分は、喜世美の隠されたコンプレックスだ。

昔から、そうだった。

喜世美は一男二女の仲のいい家族に囲まれて育った。両親は父と母であり、決して、男と女ではなかった。だから、いつか妻となり、母となる自分を想像するのは難しくなかった。そうなるためには、夫たるべき男と出会う必要があるが、それは時が来たら自然発生すると決め込んでいた。

わたしは二十五歳くらいで結婚して、母親になっています。子供は三人です——小学五年のとき、「わたしの将来」なる作文にそう書いた。本気だった。中学のときも、高校になっても、そう思っていた。

類は友を呼ぶで、友達になるのは色気皆無の変わり者ばかり。寄るとさわると彼氏とどうしたこうしたばっかりしゃべっているお年頃満開グループを、別の世界の住人として遠くから眺めていた。

それでも中学生の時は堂々の処女だったから、キス経験者に他人の唇がべったりくっつく感触について無邪気に訊けた。

経験者は「好きな人だと気持ち悪くないのよ」とにんまりし、かつ、盛り上がると舌を入れて互いの口の中をなめ回すのだと、その場にいた喜世美を含めて三人の未体験者が目を丸くするようなことを、わざと言った。処女たちは「やだー、きったなーい」「ゲロゲロ」と身体《からだ》をぶつけあい、ひっくり返ってパンツ丸出しで笑い転げた。

しかし、高校生ともなると処女率が下がる。キスしたくらいで騒ぐなんて、ちゃんちゃらおかしい。彼氏がイヤがるコンドームをいかにうまくつけさせるか、額を集めて真剣に話し合ったりする。さすがは女子高生。制服の短いスカートは、だてじゃない。性的にはしっかりお目覚めである。

　この頃になると、喜世美もやや焦ってきた。恋愛のほうは、やっぱりピンと来ない。横長で丸いというお饅頭《まんじゆう》みたいな顔のふっくら色白を「おいしそう」と見る男子もいて、ちらちらとぶきっちょなお誘いがかかったが、どれもこれもその気になれる相手ではなかった。

　喜世美にも、好みのタイプというのがあった。ジョニー・デップだ。

　彼が扮《ふん》したハサミの手を持つ人造人間エドワード・シザーハンズに出会ったのは、中学生のときだった。最初は気持ち悪かったが、純粋で優しいのに人間社会から排除される運命が可哀想《かわいそう》で心に残った。それから後、『ギルバート・グレイプ』『妹の恋人』などで素顔のジョニー・デップを見たが、彼の目にはいつもエドワード・シザーハンズの哀《かな》しみが宿っていた。それは、クラスの大多数が熱を上げるジャニーズ系タレントの親しみやすさとはかけ離れていた。喜世美は日本のアイドルの、いかにも芸能界馴《な》れした快活さと器用さになじめなかった。

　ジョニー・デップ及び彼が演じた役柄への共感から自分で分析してみるに、喜世美はどうやら、まわりから浮いている人間に心を動かされるらしい。だが、そんなやつは滅多にいない。学生生活をサバイバルするため、日本の中高生は周囲に同化する術に長《た》けている。とくに男子に、その傾向が強かった。

それにしても、ジョニー・デップは高望みが過ぎる。そのことは、喜世美もよーくわかっていた。が、周囲の男子に心惹《ひ》かれないのだから、仕方ない。それに、彼氏がいないのは喜世美だけというわけでもなかった。

さっさと女になっていく女子からすると、同年代の男子はどうも物足りない。近すぎて、あらが見えてしまうからか。自分たちだってあらを見られているのだが、この年頃の女子は強気だ。平気で、男子を見下《みくだ》した。そのせいか、学内カップルはさほど多くなかった。

女っぷりに自信を持つ特上級の女子は、金のある大学生や社会人と付き合った。平均より上のクラスは、私立の名門男子校狙《ねら》い。並みより下が近場から調達。一番多い並みのレベルに属する女子たちは、あらまほしき彼氏を求めて漂流した。

違うのは、彼女たちのほとんどが流れの中で手袋を脱ぐように脱処女を決めていたことだ。ぼーっと棚からぼた餅《もち》を待っている喜世美は、心ならずも処女のまま高校を卒業し、大学生になった。

恋愛願望がなくても、セックスへの好奇心はある。キスは気持ち悪いなんて、もはや言わない。生き物としてのメカニズムは正しく作動し、喜世美にも発情期は訪れたのである。

回し読みしたエロ漫画によると、セックスは「いい」ものらしい。それも連呼している。そればかりか、「ああ、感じる……」で「もっと!」で「そこ、そこよ」でもあるらしい。なんのことだか、わからない。わからないのが、実に口惜《くや》しい。

そのうえ、大学生ともなると「やっているのが当たり前」だ。女同士のおしゃべりに、ごく自然にセックスに関する打ち明け話が交じる。何回目のデートでやるかとか、どうも彼氏が早漏気味でとか、淫靡《いんび》な話ほど滑稽《こっけい》に彼女たちは話し合った。

そのうち、初体験はいくつだったかの打ち明け合いになった。喜世美の番になり、気がついたとき「十七のとき」と答えていた。それが、その場にいた友人たちの平均だったからだ。まだだなんて、とても言えない。恋は苦手のくせに、女としての見栄《みえ》はある。

「相手は誰」

「いとこの友達。夏休みにおばさんのところに遊びに行ったとき、会った」

「やっぱ、夏休みよねえ。で、その子、今どうしてるの」

「知らない」

「それから、会ってないの」

「うん。向こう、大学生だったし、そのときだけだから優しかった、みたいな」

「あー、それ、わかる」

共感されて、追い詰められた。これは、まずい。嘘はまずい。自分が落ち着かない。喜世美は早く嘘を現実に変えたいと焦ったが、いかんせん、相手がいない。

恋愛方面に疎いと、フェロモンの出し方がわからない。合コンにせっせと出かけるが需要と供給が嚙《か》み合わず、誰でもいいから目をつぶってエイヤといかない自分の美意識がうっとうしかった。ストライクゾーンが狭いのも、処女ゆえに違いない。ああ、ますます、うっとうしい。

うかうかしているうちにさらに一年が過ぎて、とうとう二十歳《はたち》になった。喜世美は驚愕《きょうがく》した。処女を捨てるのがこんなに難しいなんて、誰も教えてくれなかった。

恋愛より初体験のほうが重要課題になり出した頃、生まれて初めて、ちょっと気になる男に出会った。初体験打ち明け話を交わした友達の兄貴だった。

大人数でまとまってスキーに行き、いい感じになった。スキーはうまいが口下手らしく、あまりしゃべらない。でも、いつもニコニコしている。ギラギラしていないところがよかった。強烈な感情はないが、彼を思うとほっこりする。彼も同じ気持ちらしく、春になってもスキーができるところまで遠出するが一緒にどうかと誘われた。妹は行かないと言う。二人きりだ。

喜世美は同意した。しかし、困った。

二人だけで行くとは、とりもなおさず、やることを示唆している。それに同意したのだから、もはやスキーはついでで目的はセックスだ。それはいい。だが、初めてだと知られるのは、困る。

彼は、喜世美が経験済みだと思っているに違いない。普通、そうだろう。二十歳だもの。それに、十七歳で処女破りという嘘の告白を、妹から聞いているかも。

初めてだと、無意識に抵抗して「やめて、やめて」とか言ってしまいそうだ。ぎごちない振る舞いで、彼を失望させるかもしれない。第一、二十歳にもなってまだ処女だと知れたら、自分の面目が立たない——と、喜世美は思った。全然モテなかったみたいじゃないか！

彼とやる前に、処女でなくなる必要がある。どうしよう。

そんなとき、高校のときの友達から連絡があった。同級生で他県の大学に進学した福島大地《だいち》の家族が、父親の転職のため、家を引き払う。その引っ越しの手伝いで福島が戻っているが、今度離れたら、これっきりこの街に来ることはないだろう。それで、同窓生の有志が集まって送別会を開くという。

福島と言われても、とっさには思い出せなかった。バンドでドラムを叩《たた》いていたと教えられ、ようやく名前と顔が一致した。いかにもミュージシャンな外見を持つボーカルやリードギターと比べると、華がなかった。喜世美が「周囲に同化するのに一生懸命なその他大勢」と見放していた連中の一人だった。

連絡してきた友達はボーカルにいまだに片思いをしていて、彼に会うために送別会に行きたいが一人では気後れするから付き合ってくれというのだ。

この土地から、まもなく消えていく男。後腐れがないとは、このことではないか。田之倉とやったと、言いふらされる心配もない。もし、噂《うわさ》になったとしても、相手がもういないとなれば、そこはかとなく悲恋の香りが漂って、儚《はかな》くも美しい語り草になるかも。それも、悪くないオプションだ。

思いがけなくおあつらえ向きの相手が現れて、喜世美は浮き足だった。落ち着いて考えれば妙な話なのだが、脱処女を早くすませることに凝り固まった喜世美には、福島が神様からの宅配便に思えた。添えられたメッセージカードには、こう書いてある。

これが、おまえの踏み台だ。これを使って、壁を乗り越えろ。

3

福島の送別会には、男女ほぼ半々の十人ほどが集まった。バンド仲間には新しい彼女同伴の者もいて、高校時代のガールフレンドが不機嫌になるという騒ぎの中、福島に寄り添う女子はいなかった。

　福島との別れを惜しむというのは口実で、送別会の音頭をとった元バンドリーダーの顔を立てるとか、モテ男だった元ボーカルに会いたい女子の下心（喜世美の友達だけではなかったのだ）が開かせた会だ。福島はいつのまにか、一人ぽつねんとビールを飲んでいた。

「わたしのこと、覚えてないでしょ」

　福島はチタンフレームの眼鏡ごしにちらっと喜世美を見、すぐに指先につまんだ煙草《タバコ》に視線を移した。

「覚えてるよ。同じクラスだったんだから」

「ほんと？　あんまり話しなかったし、わたし、目立つほうじゃなかったのに」

　福島はまた、ちらりと喜世美を見た。

「……普通、覚えてるだろ、同級生なら。卒業してまだ二年しか経《た》ってないんだし」

「そうだね」

　うーむ。まったく接点のなかった相手と話すのは、難しい。間を持て余していじいじしていたら、福島のほうが口を開いた。

「田之倉、俺が階段上る途中でドラムのスティック落としたとき、下で拾って持ってきてくれたこと、あったろ」

そうだっけ。

「そんなこと、あった？」

「ああ。だから、覚えてた」

へえ。全然、覚えてない。が、あったとしても不思議はない。誰かが目の前で何か落としたら、拾って渡してやるなんて、それこそ普通にやることだ。そんな小さな親切が福島の記憶に残っているのなら、あとの話がしやすいかも。

集まりの中心はいつのまにか元ボーカルになり、主賓の福島と隣に座った喜世美は離れ小島のようになった。そこで、ぽつぽつと大学生活のあれこれを話し合ったが、どこにあるとか、何を専攻しているかとか、まわりの学生がどうだとか、互いの状況を報告しあうだけでちっとも盛り上がらない。福島は、もうバンドはやってないそうだ。

「もともと、付き合いでやってただけなんだ。やってたら夢中になれるかと思ったんだけど、手首傷《いた》めて、治療で安静にしてるうちに、もういいかって、それっきり」

「そうなんだ」

他に言うことがない。話がしぼんで、揃《そろ》ってうつむきがちの二人の頭上を、ボーカルとリードギターの華やかな笑い声が通り過ぎていった。

喜世美の想定では、ビールを飲んでワイワイしゃべっているうちに、酔いのおかげで打ち解け合い、福島のほうが「もう一軒、行かない？」かなんか言い、喜世美が「いいよ」と受けて、ほろ酔いでふざけながら歩いていたらホテル街に迷い込んで、「ちょっと寄ってく？」と福島がふざけ気味に言う。喜世美は「いいよ」と答えて、さーっと入る——と、こうなっていた。

友人たちの話を総合すると、男というものは飲んで騒いで勢いづくと、そういう風に動くものだということになっていた。

しかるに、飲んで騒いで盛り上がったのは他の連中で、福島は白けたまんまだ。喜世美がリードすればいいのだろうが、まともにデートしたこともないのに男を誘惑するなんて、いきなり飛行機の操縦を託されたキャビン・アテンダントも同様だ。できませんって。

そして、そのまま、会はお開きになった。

レストランの前で、みんなは口々に福島に別れを告げている。喜世美は焦った。切羽詰まって、福島の肘《ひじ》を引っ張った。

「あの、わたし、福島くんに話があるんだけど」

それ以上は、今は言えない。言わなくても、これだけで十分、誘惑だ。かーっと顔が熱くなった。恥ずかしくてうつむいた饅頭顔に、なにがしかの風情が宿ったらしい。額の生え際あたりに、福島の視線が注がれるのがわかった。ややあって、福島はぼそっと

「いいよ」と答えた。

この状況を、他の連中はおおいに誤解した。ニヤニヤ笑いを浮かべつつ「じゃあ、元気でな」と握手を交わして、振り返りながら去っていった。残された福島は「どこ、行く」と、喜世美に訊いた。

「あのお」

喜世美は目を泳がせた。泳ぐと言っても、方向は下見をしたホテル街のほうに向く。

「ちょっと歩かない？」

先に立つと、福島はブルゾンのポケットに両手を突っ込んでついてきた。喜世美はうつむいて歩きながら、話しかけた。

「わたし、福島くんのことがちょっと好きだったんだ。だから、もう会えなくなるって聞いて、その」

付き合ってもいなかったのに、いきなり「やろう」はないだろう。一応、好きだったことにしようと、作戦を立てた。しかし、この言い方だと、これからも付き合いたがってると誤解されそうだ。

「あの、ずっと付き合いたいとか言うんじゃないのよ。それほどのことじゃないの。ただ、ああ、もう会えないんだなと思ったら、なんて言うか、青春の思い出に」

なに、言ってるんだよ。青春の思い出なんて、大昔の歌の文句じゃないか。バカ！

冷や汗をかいたが、口ごもった先は福島が続けてくれた。

「やらないかってこと？」

「うん」

「俺はいいけど」

　こちらもうつむいて歩きながら、モゴモゴ言った。

「そっちは、ほんとにいいの」

「いい、いい。もちろん。言い出しっぺはわたしだし」

　憧《あこが》れの「いい」連呼のポイントが違うが、喜世美はほっとしたせいで笑顔全開になった。福島は喜世美の笑顔を見て、困ったように小さく笑った。

　そこまでは、よかった。


　どのホテルに入るかは、福島が決めた。一応どこにするか訊かれたが、いろいろ物色して決めるなんて、さすがにできない。ホテルだらけの通りで、顔を上げていることさえ恥ずかしい。どこでもいいから早く決めての一念だけだ。

　支払いも、福島がした。場馴れしているように見えたので、ほっとした。どうやら、ここから先は任せておけそうだ。背中ごしに金額を確かめて、半額を頭に刻み込んだ。誘ったのは喜世美だが、こういう場合は割り勘だろう。

狭いエレベーターに乗りこむと、さすがに心臓が高鳴った。心拍音が福島に聞こえるのではと心配になったほどだ。

小さな部屋に入り、さて、これから始まるのだと身構えたが、福島はベッドに腰掛けてキョロキョロしている。

喜世美の想定では(さっきから、はずれっぱなしだが)、福島がすぐに抱きしめてきて、ベッドに押し倒して、服を脱がそうとするから「待って、自分で脱ぐ」と言う。そして、それぞれ自分で脱ぐ(そうしないと、服がダメになる。あせってる男って、無茶するから。シルクのブラウスしわくちゃにされたりさと、友達が言っていた)。そして始まる――と、イメージトレーニングは完璧《かんぺき》なのに、福島はなかなか手を出してこない。

「シャワー、浴びる?」なんて、訊いてくる。あ、なるほど。そのほうが、いいな。馴れてるから、落ち着いてるのだ。そうに違いない。

「わたし、あとでいい」

「じゃ」

福島は立って、バスルームに消えた。喜世美はほっとして上着を脱ぎ、ベッドに腰を下ろして感触を確かめた。シーツや薄い布団を触り、サイドデスクに置いてあるコンドームをしげしげと眺めた。さすが、ラブホテル。準備万端、怠りなし。口の中で呟く喜世美の頬は、どうしようもなくゆるんだ。

やっと懸案事項を解決できるという安堵感《あんどかん》に初体験への好奇心があいまって、ワクワクしているのだ。絶叫マシンに乗る直前って感じ？

福島が出てきたのと入れ違いにバスルームに飛び込み、シャワーの中で自分の身体を見下ろした。おっぱいが、もうちょっと大きかったらなあ。下っ腹が出てるんだよ。どうせなら、美しい裸を見せて「どうだ、参ったか」と勝ち誇りたいのに。グラビアアイドルが羨《うらや》ましい。

バスタオルをきっちり巻いて出てみると、福島は布団をかけて仰向いていた。まず、注意しておかなければ。

「あ、あの、言っておくけど、わたし、初めてなんだよね」

福島は首を巡らして、ぽかんと喜世美を見上げた。

「だから、その、よく知らないんで、よろしくお願いします」

ぴょこんと頭を下げて、ベッドに入った。途端に福島がガバッと覆いかぶさり、顔が近づいてきたのでぎゅっと目をつぶった。怖いのではない。照れくさかったからだ。

それからは、まあ、大変だった。

最初のキスは「ウプッ、気色わるぅ」くらいですんだが、そのあとがほとんど格闘になった。主にくすぐったさで、それから福島の手があちこちつかんだり動かそうとするのが痛くて、つい、彼の身体を押して離そうとしてしまう。「いい」も「感じる」も

「もっと」もあったものではない。ドタバタしているうちに布団がずり落ちて、福島のイチモツが目に入った。

仰天した。生で見るのは初めてである。

や。嘘。これが入るの。恐るべし、人体の驚異。あんまりじっと見つめているので、福島の視線も自分のものに移った。喜世美は我に返り、「コンドーム」と叫んだ。

「あ」

福島は泡を食った様子で、コンドームの袋に手を伸ばした。そのすきに、喜世美は手探りで布団を引き上げ、身体をおおった上で脚を開き、目を閉じた。「いらっしゃいませ」のココロである。

再び、福島がのしかかってきた。

うーむ、痛いな。これが「いい！」になるなんて、不思議。でも、我慢しなきゃ。歯を食いしばったら、急にすっと楽になった。

え？　もう？

「終わったの？」

福島は答えず起きあがり、向こう向きにベッドに腰掛けた。丸めた背中で汗が光っている。

「俺のこと、好きだって言っただろ」

「……うん」嘘だけど。

「それに初めてだって言うから、プレッシャーかかったっていうか、緊張して」

あー、今のは失敗だったのね。聞いたこと、あります。

「俺、プロとしかやったこと、ないんだ。だから、初めてのおまえとうまくやれるか、自信ない。おまえ、初めてなのに、うまくやれないと、悪い」

そりゃ、上手にリードしてくれて、うっとりしている間に処女脱出というのが理想だが、そんなの追い求めていたら、処女ばあさんになっちまう。

「あの、今日はもう、ずっとダメってこと？」

「少し休んだら、できると思うけど」

帰りが遅くなるのは困るが、脱処女が遅れるのはもっと困る。ここであきらめたら、一番恐れていた、本命に処女がバレる事態になる。そこから、本命の妹にバレ、他の友人たちにバレる。処女であることより、嘘をついたことのほうが恥ずかしい。合わせる顔がなくなる。

かくてはならじ。喜世美は声を励ました。

「じゃ、頑張ってみて。せっかく、ここまで来たんだから。ね」

福島は喜世美を振り返り、ぎごちなく頷《うなず》いた。

結局、十分後に福島は復活し、喜世美も踏ん張って痛みに耐え、なんとか目的を遂げた。

終わったあと、喜世美は大手を振って家に帰った。福島は街を離れる日にちと時間を教えてくれたが、見送りには行かなかった。

4

これが経緯である。久しぶりの再会がただ懐かしいだけではない悩ましさを、おわかりいただけるだろうか。

ちなみに、もう処女ではないという安心感は絶大なものがあり、おかげで友達の兄とのスキー旅行は成功裏に終わった。イチモツを見て目をむくこともなく、まだ痛かったが、なんとか調子を合わせることができた。

そのまま一年半ほど付き合ったが、次第に飽きた。口下手が好ましかったのだが、話す内容まで乏しいままだと、盛り上がりようがない。

それから二十九歳の今までに、三人ほどと付き合った。相場を知らないから断言はできないが、少ないほうだと思っている。

人数はともかく、交際期間が短い。長くて、二年だ。気が合っていたはずなのだが、いつのまにか、ずれてくる。

あちらからの連絡が途絶えてフェイドアウトが一回。どちらからともなく切れたのが一回。喜世美の気持ちが醒《さ》めて、喧嘩別れになったのが一回。そのときは「おまえは冷たい」と面罵《めんば》され、一人で帰り道を急ぎながら泣いた。

「冷たい」なんて、人格の全否定じゃないか。わたしは熱くならないけど、だからって、冷たい人間じゃないつもりだ。一体、あなたはわたしの何を見てきたの。

だが、その言葉は、すぐに自分に跳ね返ってきた。一体わたしは、あんなひどいことを言う男のどこがいいと思っていたのだろう。

他の二回も、思い出の宝箱にしまっておきたいようなものではなかった。喜世美の記憶に残るのは相手への気持ちが色褪《いろあ》せていく終盤ばかりだからだ。好もしく可愛《かわい》く思えていた部分が後方に退き、イヤだなと思っていた部分がどんどん前にせり出してくる。好きだったのに、イヤになる。会うと嬉しかったのに、一緒にいるのが苦痛になる。なんで、こうなるんだろう。

恋がしたいと人は言うが、気持ちが萎《な》えていく過程にやりきれなさを感じないのだろうか。

ある恋愛至上主義者は「いい相手とだと、憎しみも恨みもなく、きれいに燃え尽きるのよ」と語った。喜世美には、想像もつかない。

その説に従えば、きれいに燃え尽きたことがないのは、今までのが「いい相手」ではなかったということ。つまり、相手選びがそもそも下手、イコール、恋が下手。それどころか、もしかしたら、あれらは恋ではなかった可能性がある。だとしたら、身体は脱処女しても、心のほうはいまだに未体験。こんなだから恋愛体質の女に、人間が丸ごと退屈だと嘲笑《あざわら》われるのだ。

ならば、きれいに燃え尽きる本当の恋とやらをしてみたいと願掛けのひとつもしそうなものだが、喜世美は相変わらずぼんやりしている。

それはおまえが、本当に冷たい人間だから。心の底で、誰かが告げる。脱処女に利用するために、平気で好きだと嘘をつく。そんなことができるのは、生まれながらに自分勝手で、冷たいからさ。

5

思いがけず再会した福島は、ドキドキという言葉で喜世美を口説いている。それを不届き千万と怒れない。

九年前のこととはいえ、好きだと言ったのは喜世美のほうだ。そのうえ、処女を捧《ささ》げた。脱出に協力していただいたというのが真相だが、福島は「捧げられた」と思っているかもしれない。

女は初めての男を忘れられない——というのは、男が作った伝説だ。初めての男は、踏み台なのだ。しかし、それは女だけの秘密である。男に言っても信じない。男は総じて、夢想家だ。

それにしても、喜世美は気持ちのうえで、福島に借りがある。借りを返す意味で、一回くらいなら、いいか。

いや、一回やったら、次を期待される。なんとなくズルズルする関係が、喜世美は一番嫌いだ。

でもなあ。福島は悪いやつじゃない。その証拠に、ドタバタ劇だった初体験の思い出は喜世美の中では微笑《ほほえ》ましいエピソードだ。

受けるか、引くか。悩みながらウルメイワシを食いちぎる喜世美の沈黙は、どのくらい続いたのか。

「それ食ったら、お開きにするか。明日も仕事だし」

何を思ったか福島が、わりにあっさり言った。

「あ、うん」

喜世美はもごもご噛みながら、財布を出した。福島は自分が払うと言ったが、割り勘を主張した。考えてみれば初体験のホテル代も、渋る福島になかば押しつけるようにして半分出したのだった。こういう態度は可愛くないと思うが、男におごられるのが苦手なのも性分だ。

さあ、店の外に出た。どっちに向いて歩けばいい?

「うち、近いの?」

福島が訊いた。

「うん。歩いていける距離」

実家は市の中心部からバスで三十分かかる郊外にある。就職してからは、職場に近いマンションを借りた。つまりは、男を連れ込み放題の一人暮らしなわけだが——。

「じゃあ、送るよ」

こうなるよね。いいよ、一人で帰れるからと答えたら、それが「ノー」の合図になる。福島は、喜世美の気持ちを悟るだろう。そして、もう二度と連絡してこないだろう。

それでいいのか。せいせいするか?

「じゃあ、こっち」

喜世美は帰る方角を指差した。

人通りの多い飲み屋街からバス通り。そして、小さな商店街を抜けて、ブランコや砂場がある公園の中を通り抜ける。夜の公園は犯罪防止のため、やたら明るい街灯に照らされている。しかし、周辺に人気《ひとけ》がないぶん、二人きりの緊張感が高まった。

肩を並べて歩く距離が縮まったような気がする。福島の手の甲が、喜世美の手をこするように軽くぶつかる。喜世美は立ち止まった。

「福島くん」

思い切って、向かい合う。喜世美より頭半分くらい、背が高い。あのとき、こうして正面から向かい合ったのは（組んずほぐれつのベッドの中は別にして）、一度きりだった。

全部終わって身なりを整え、ホテルの部屋を出るとき、ドアの前で福島が「田之倉」と呼んだ。自然な反応で顔を見上げたら、抱きしめられた。喜世美は福島の腕の中で、小さく感動していた。「うむ。ご苦労ご苦労」と心の中でねぎらいつつ、彼の背中に回した手で肩甲骨のあたりをぽんぽん叩いた。

ほんとにあのときは、脱処女に成功した達成感しか頭になかった。

今、至近距離で喜世美を見下ろす福島の目には、けぶるような色気がある。早くしないと、スイッチが入る。喜世美は見返す瞳《ひとみ》に力を込めて、はっきり言った。

「わたし、嘘ついてた」

福島は戸惑った。強張《こわば》る頬が、言葉の意味を探っている。

「わたし、あなたのこと、好きじゃなかった。ただ、初体験するのに都合がよかったから、そう言った。それだけのことだったのよ」

「――そんなこと、わかってたよ。あのあと、何にも言ってこなかったし」

福島は肩の力を抜いて、薄く笑った。

「それに、何年も前の気持ちを今も引きずってるなんて、あり得ないだろう。そんなこと、期待してないよ。あの頃はお互い子供だったけど、それからいろいろあったわけだし」

そうだ。お互い、大人になったよね。だから、愛があるかどうかは別にして、呼吸が合えば即セックスにいける。あれは大人のたしなみであり、楽しみだから。

それなら、こっちも覚悟を決めて、それから、あけすけにいかせていただきます。

「じゃあ、わたしと会ってドキドキしてるっていうのはつまり、やりたいってこと?」

福島は目を丸くした。それから、苦笑した。

「すげえ、はっきり言うんだな」

「わたし、ロマンチックがだめなんだ。あうんの呼吸で目を閉じてっていうの、できない性格なのよ。彼女がいるのも、気になるし」

「そうか。田之倉、真面目《まじめ》なんだ」

福島はズボンのポケットに両手を突っ込み、少し後ろに下がった。
「真面目で悪い？」
カチンと来た。そのおかげで、緊張が解けた。
「わたし、ワルぶる男って嫌いだ」
福島は苦笑いを浮かべ、間が悪そうに身体を揺らした。
わかってる。ワルぶってるんじゃない。思惑がはずれて、狼狽《ろうばい》しているだけだ。多分、
喜世美の態度に腹を立ててもいるだろう。福島に悪く思われたくなくて、ここまで曖昧《あいまい》
にしてきたが、正直になろう。喜世美はまっすぐ、彼をみつめた。
「今まで、福島くんを初体験すませるために利用したこと、負い目に思ってた。だから、
昨日会ってからずっと、別の意味でわたしもドキドキしてた。封印してた罪悪感が飛び
出した感じで」
そうだ。それだったんだ。口に出してみて、ようやく先程来の居心地の悪さの理由が
はっきりした。そして、他のことも。
「でもね。さっき、福島くんに誘われて、わかった。わたし、あのとき、うまくやれな
かったら初めてのわたしに悪いって言った福島くんが好きだ。今のあなたと平気で大人
の関係やっちゃったら、あのときの福島くんが消えてしまうような気がする。今のあな
たはきっと、すごく上手だろうけど」

なにげなくつけ加えたひと言に、福島が答えた。

「それほどでもないよ。そりゃ、あのときよりは、かなりレベルアップしてるけど」

「アハ」

思わず、笑った。福島も笑った。セックスを笑い話にできるのが、大人になった証拠だ。初めて、二人は同時にリラックスした。福島は空を見上げて、口を開いた。

「田之倉と、できたら、やりたい。立派に成長したところを見せたいしな」

冗談まじりの言葉は、素直な感じで好ましかった。

「彼女がいたって、チャンスがあれば他の女とやりたいよ。俺はそういう男だ——って、俺だけがそうだとは思わない。男は、みんなそうだ。ワルぶってるつもり、ないよ。俺はおまえとやりたい。それを認めるのが照れくさいから、あんな言い方になったけど」

「それ聞いたら、ますます、昔の福島くんが好きになった。あのときの福島くんは、わたしのことを思いやってくれた」

「汚れた大人になりました」

福島はふざけて、ぴょこんと頭を下げた。だが、喜世美はそれには反応しなかった。

頭の中の箱が開き、時を越えて見えてきたものに心を奪われた。

二十歳の福島の言葉の端々や態度に滲《にじ》んだ戸惑い、ためらい、そして不安……。

「——なのに、わたしは、そのこと全然わかってなかった」

女のほうから持ちかけるんだから、男は餌《えさ》を投げてもらった犬も同然。踏み台にされるとも知らず、尻尾《しっぽ》振って大喜びに違いない。そんな風に軽んじていた。だから、ほとんどすぐに忘れた。

喉元にわだかまっていたのが何なのか、今、わかった。やらなきゃいけないことが、あったんだ。

喜世美は福島の前で、姿勢を正した。

「福島くん、ありがとう」

両膝《りょうひざ》に手を当てて、頭を下げた。身体を起こし、福島を見つめてつけ加えた。その目の奥にいる、二十歳の彼に届くように。

「あのときのあなたを、忘れないよ。一生、忘れない」

6

福島は、喜世美のマンションの前まで送ってくれた。肩を並べて歩いたが、だらりとさげた手が触れ合わないところまで、距離はとられた。

出入り口の前で、向かい合った。喜世美はすっきりしていたが、福島はどうだったのか。優しげで、悲しげでもある静かな目をして、福島は「じゃ」とだけ言った。
これでお別れか。それもちょっと、もったいない。喜世美は「あんなこと言ったけど、気が変わるかもしれないから、また連絡して」と、よっぽど言おうと思った。でも、言えなかった。言えないのが、喜世美なのだ。かわりに、「お休みなさい。気をつけて」とだけ言った。それから、さっと自動ドアの中に入った。玄関ドアのオートロックを解きながら、横目を使ってドアの外をうかがった。福島の姿は、もうなかった。とうとう、握手もしなかった。

恋は苦手だ。でも、だからって冷たい人間だなんて誰にも言わせないと、喜世美は思った。感情の量が少ないわけでもない。自分だけを愛してほしい――ひたすら、そう思い詰める渇望の持ち合わせがないだけだ。

喜世美の休日は水曜日だ。実家に顔を出すために乗ったバスの一番後ろの座席に、親子連れがいた。小学校一年生くらいだろうか、男の子が背負ったランドセルにのけぞるようによりかかり、口を開けて眠っていた。隣にいる母親も首を傾けて眠りこけている。くっつき合った母と子は、手をつないでいた。とくに男の子は、ほとんど座席からずり落ちそうに脱力しているのに、五本の指をしっかり折って母親の手を握っている。いい知れない感情が、見ている喜世美の体内に溢れた。気がつくと、頬が破れそうになるほど一杯に微笑んでいた。

昼下がりの陽差《ひざ》しが、男の子の頰の産毛を、母親のまつげを、喜世美の爪先《つまさき》を同じように暖めている。その光に似たものを、喜世美は腹の底に感じた。まろやかな温《ぬく》もりを持つ小さい温泉が、こぽこぽ湧《わ》いているようだ。

一人で生きちゃ、ダメですか

1

女を「産む機械」呼ばわりしたおっさん大臣がマスコミに糾弾されたのは、いつのことだったか。

野党は、世の女たちがもっと怒ることを期待したらしいが、ｍｏｇたち働く女は会社で神経ががさつなセクハラオヤジに馴《な》れているせいか、あの程度のおバカ発言は聞き流してしまうのだよ。

でも、ｍｏｇのランチメイトのＳさんは、あれは政府の本音だ、女は税金を払う国民を増やすための機械だとやつらは本気で考えているのだと、主張している。

Ｓさんはさらに、政府はそのうち、子供を産まず働き続ける「非生産的」シングルウーマンに対して、税率を高くするとか、年金や健康保険の徴収額をあげるとかの罰則を設けるに違いないとまで言う。「産む機械」発言をカバーしようとして、おっさん大臣が口にした「子供を二人作りたいと願う健全な女性」という表現に、その陰謀の一端がかいまみえる。子供を作らないのは不健全、つまり、よくないことなんだと匂《にお》わせていると。

揚げ足とりっぽいけど、説得力、ありますねえ。結局は、女は「産む機械」なんだから産めよって言ってるようなもんだもんね。

要は、子供が生まれなくなって日本の人口が減っていくのを、政府は心配しているわけだ。

しかし、日本人の数が減るのって、そんなに悪いことだろうか。どんどんいなくなって、絶滅危惧種《ぜつめつきぐしゅ》に指定されるくらい少なくなったら、世界中から保護されるから、かえっていいのではないか？

どこかの国が日本人をいじめたら、グリーンピースが体当たりで救出に乗り出してくるぞ。純血日本人のＤＮＡが、レアものとして高値で裏取引されるようになるかもしれない。髪の毛一本、五百万円とか。

いいなあ、それ。

いや、地球上から日本人がいなくなるなんて、あってはならないと政府が本気で危惧してるんなら、人口を増やすために女たちが進んで「産む機械」になるようなシステムを、国策として作ればいいと思う。

妊娠可能年齢の女全員に、定期的に子作り休暇を与える。まとめて気持ちのいいリゾート地に送り込み、事前のアンケート調査で選び出した「寝てみたい男のタイプ」を取り揃《そろ》え、とっかえひっかえ、ひたすらやりまくっていただくのである。男に選ぶ権利はない。女が「産む機械」なら、男はしょせん、種馬でしょ。四の五の言わずに、励んでちょーだい。

そして「産む機械」の役目は、孕《はら》んで産んだら終わり。育てる苦労は国がやる。育児の人材はリストラおじさんや引きこもりのお兄さん。育児ノイローゼは、子育てのために外出できないことなどが原因というから、外に出たくない引きこもりの人にはぴったりの仕事ではないか。

いいアイデアだと思いませんか。

あ、キョロがパソのまわりをウロウロしだした。この間みたいに電源引っこ抜かれたら大変だ。今夜はここまで。

キーボードの上を歩こうと前足を載せかけたキョロを左腕に抱え、翔子《しょうこ》は右手を使ってブログを終了させた。

キョロは、腕の囲いから抜け出そうともがく。もらったときは片手に収まるくらい小さくて、乱暴に触るとつぶしてしまうのではないかと不安になったものだが、今は押さえ込むのに苦労するほど力強い。

ブログを更新するのは翔子の大事な日課だが、キョロは翔子の関心が自分に向いてないと知ると、ノートパソコンのまわりをぐるぐる回って邪魔する。ひどいときには、わざとキーボードの上に座り込む。

キョロをくれた猫友は、ちょっかいを出すのは子猫のうちだけ、大人になったら、こっちがちょっかい出したら怒られるくらいマイペースになるから、今のうちよと言っていた。実際、構って構ってとばかり、いつも翔子の後を追ってくるのが可愛《かわい》くて仕方ない。ブログ更新を邪魔されても、データを丸ごと消されても腹が立たないのだから、猫は偉大だ。

母親が動物アレルギーで、犬も猫も飼えなかった。独立したら絶対飼うぞと決めていたが、二十歳で専門学校を卒業後就職した、通販業者の販売データ処理を請け負う会社は、多忙のわりに安月給。二十二歳でようやく念願の一人暮らしにこぎつけたものの、ペット可の賃貸物件は家賃が高く、あきらめざるを得なかった。

第一、ペットショップで見る犬猫たちは一匹が十万円以上だ。加えて、動物を飼う経費もバカにならないという。ネットで人の飼い猫を見ては、目を楽しませつつ、羨望《せんぼう》を募らせる日々が続いた。

しかし、臥薪嘗胆《がしんしょうたん》、会社はじりじり成長を遂げ、雀《すずめ》の涙だった給料もちょっとずつ上がってきた。若さにものを言わせて残業もいとわない健気《けなげ》な仕事ぶりで、貯金もできた。一人暮らし歴五年目にして、ようやく機が熟した。あとは猫を探すだけとブログで呟《つぶや》いたら、飼い猫が産んだ子供をもらってくれないかと書き込みが来た。これだから、ブログはやめられない。
早速、もらう約束を取り付け、猫程度ならうるさく言わないアパートをみつけて、引っ越した。
というわけで、キョロは五カ月前、めでたく翔子の家族になったのだった。
キョロが寝付いた深夜、再びパソコンを立ち上げた。ブログを開くと、コメントが書き込まれている。
《リゾートでやりまくり説、ウケました。お相手よりどりみどりなら、あたしだって喜んで機械になるぞ》
《育児係を政府が派遣する案、賛成。結婚して子供をどんどん産めなんて国民の人生に口出ししてくるんなら、それくらいやるべきよ。わたしは子持ちのワーキングウーマンだけど、託児所なくて大変だよお。子供産んだら、自動的に手厚い育児サポートがつくくらいやってから、産め産め言ってほしい。子育て支援優良企業のお墨付き出すくらいじゃ、なんにも変わらない》
このような共感の言葉は嬉《うれ》しいが「やりまくり」なんてことを書けば必ず反応するネ

ット・オナニストがこまめに紛れ込んでくるのは、毎度のことながらうっとうしい。
《mogちゃん、そんなにやりたいなら、俺《おれ》のがいつでもスタンバイオーケーだよ。mogちゃんの熱く濡《ぬ》れたあそこが——》
みなまで読まずに削除。
そして、説教。こういうのも、おなじみだ。
《子供が産めなくて悩んでいる女性もいるのに、無神経です。プロフィールによるとコメディ映画が好きだそうですが、ユーモアとは人を傷つけるものではないと思います。猛省を促します》
するとすかさず、この四角四面に対する批判が届く。
《mogさんは、女を機械扱いする政治家にきつい皮肉をぶつけてるんだよ。その反骨精神を、おいらは支持する》
面白いもので、真面目《まじめ》なお説教と買いかぶりの持ち上げは、いつもセットで出てくる。正論で説教されると辟易《へきえき》するが、こっちが考えてもみなかった思い込みを重ね合わせて感心されるのも居心地悪い。
今回も、反骨精神という過大評価に笑ってしまった。そんなもの、ない。どちらかというと、無神経のほうが当たっている。不妊に悩む女性のことなんか、考えなかった。
ランチ仲間の矢代鈴枝《やしろすずえ》が、シングルウーマン課税があるかもと言い出したのを聞いたとき、翔子の頭は、日本人が絶滅危惧種になったらとか、本当に機械として生産活動に従事させられるならという方向に回転した。

政治や社会的な問題を持ち出されると、つい、茶化したくなる。これが、コメディ好きの血のなせるわざだろうか。

しかし、翔子がその血をたぎらせるのは、ブログの中だけだ。

2

オフィスと店舗が混在する大型複合ビルのワンフロアを丸々占める陽当《ひあ》たりのいいカフェテリアは、ランチタイムになると和洋中の主食・総菜だけでなく、ヘルシー志向の雑穀米や多品目サラダ、さらにはデザートまで取り揃えたビュッフェレストランに変わる。

会社の同僚とつるんでくる者がほとんどだが、翔子と鈴枝、田之倉喜世美の三人は、それぞれ一人で来て、相席になったのが縁でいつのまにか仲良くなったランチメイトだ。

コンタクトレンズ販売店の制服を着ているせいか、喜世美は親しみやすい雰囲気があるが、スナック菓子メーカー販売促進部勤務の鈴枝は、いつもタイトなスーツにきっちりしたまとめ髪、そのうえ冷たい感じの美貌《びぼう》のため、そこにいるだけで一種の威圧感がある。

一方、顧客との付き合いもネットごし。少数精鋭と聞こえはいいが、要は人件費をケチる会社の方針のおかげで、しょっちゅう九時過ぎまで残業。ときには徹夜の憂き目にあう翔子は、人目を気にするより楽な格好ということで、Tシャツにゆるゆるのワークパンツ。型にはまった勤め人スタイルが多い中では明らかに異質で、出入り口で警備員に怪しまれることがたびたびある。

勤め先、見た目ともに大違い。年齢も鈴枝三十五歳、喜世美が二十九歳、翔子は二十六歳と微妙な開きがあるが、一番若い翔子が目上の二人にちゃんと敬語を使い、ほどのよい聞き手に徹するせいか、話が合わず座が白けるといった事態にならない。

逆に勤め先が違う気楽さで、社内の誰彼の悪口を存分に言えるのがいいところだ。頭に来る大ボケ上司や、使えないくせに威張りくさるアホ営業マンの棚卸しで「あー、うちにもいる、そういうの」「それを言うなら、うちのほうが」と盛り上がるうち、誰かが落ち込めばみんなで慰める昔ながらの女の子共同体が形成された。

女の「女の子度」は年を食うほど高くなるものらしいと、翔子は二人の先輩から学んだ。

鈴枝がペペロンチーノを咀嚼《そしゃく》する間も惜しんで、オリーブオイル混じりの唾《つば》を飛ばしながら熱く語ったのは、ついこの間のことだった。

「結婚して、最低二人は子供を産んで育てるのが健全な女性だって、あの産む機械じじいがさらに墓穴を掘った発言、覚えてる？　忘れちゃダメよ。あれは単なる失言じゃないんだから。政府の恐るべき陰謀が隠されてるんだよ。あのじじい一人に、撤回しろだの、辞任しろだの、表向きを繕うようなこと要求したって意味ないんだから」

「政府の陰謀だなんて、矢代さん、ＣＩＡみたいね」

喜世美が、ハーブチキンサラダをつつきながら、呑気《のんき》に突っ込んだ。

「田之倉さん、それ、違いますよ」

翔子は雑穀ご飯にひじきをのせつつ、淡々とただした。

会社で残業するときは、ついカップラーメンの世話になる。朝は抜くことが多い。雑穀ご飯とひじきの煮付けと豚汁というラインアップは、お昼くらいはヘルシーなものを食べようという小さな健康志向の表れである。

「ＣＩＡは陰謀を巡らすほう。矢代さんは、陰謀があると訴えている無辜《むこ》の民《たみ》です」

「ムコのタミって、なに」

「罪のない善良な市民てことです」

「翔子ちゃん、難しいこと知ってるねえ。それって、タミって名前の婿どのがお奉行さまに悪代官の極悪非道を訴えた故事から生まれた言葉とか?」

「田之倉さん、それ、わりと面白いです」

「ねえ。冗談ごとにしないでよ」

鈴枝が腹立たしげに割って入った。彼女の皿は、拭《ぬぐ》ったようにきれいになっている。食べるのが速い女なのだ。

「あのじじいの発言にはね、働く女の死活問題が関《かか》わってるんだよ」

「ごめん。ちゃんと聞く。続けて」

喜世美が笑いながら、謝った。翔子は機嫌とりのために、三人分のコーヒーを取りに行くと申し出た。鈴枝が話を再開したのは、コーヒーを一口飲んでからだった。

「とにかく、女は子供を産めみたいな発言が飛び出る背景には、そうしてくれないと人口が減って国の存続があやうくなるという政府の危機感があるわけよ」

「だって、今、こんな狭いところに一億いるんでしょう。少しくらい減ったっていいんじゃない? そのほうが通勤電車も楽になるし」

喜世美の反論はまたしても冗談のようだが、実感がある。翔子は、かすかに頷《うなず》いた。

「だから、今の話じゃないんだってば。今だって高齢者ばっかりで、働いて税金や年金納める頭数が減ってるから、お金がなくて自転車操業なのよ、ニッポンは」

鈴枝は真面目に怒る。その生真面目ぶりが、面白い。可愛い人だと思った翔子は、つい、ちらっと笑った。鈴枝は、それを見逃さなかった。

「笑ってるけど、一番若い翔子ちゃんが一番被害をこうむることになるんだからね。政府ってのはね、どこかに税金を搾り取るネタがないか、目を皿のようにして探してるハゲタカなんだから。そのうち、子供を産んだ女は税制上優遇されて、そのツケが子供を産まずシングルで働き続ける女にまわってくるってことを、わたしは言ってるの」

「だけどさ、その言い方だと、翔子ちゃんのこと、結婚せずに働き続けるシングルって決めつけてるみたいじゃない」

喜世美が口を挟んだ。

「それに、シングル女の代表みたいな口きいてる矢代さんだって、先のことはわからないよ」

あっとばかり、鈴枝は口をつぐんだ。

「ごめん。じじい並みの失言だった」

「謝ること、ないですよ」

真面目に反省する鈴枝を、翔子は慰めた。

「わたしは、結婚せず子供も産まずでいくと思います」

「そんなこと、言っちゃダメよ。まだ二十六じゃない。田之倉ちゃんが正しいよ。これからいくらだって、状況も考え方も変わるんだから」

鈴枝は、さっきまでの言い分を忘れたように、訳知り顔でたしなめた。翔子は作り笑いで目をそらした。

そうだよね。先のことは、わからない。でも翔子は、一人暮らしが心から好きだ。

生まれて初めて、自分だけの家（一間きりのアパートだったが）で迎えた一人の朝、あまりの解放感に泣きそうになった。

起きても一人、寝るのも一人。仕事から帰って、誰もいない冷え切った暗い部屋に電気をつける。わびしいと聞いていたそれらの状況が、翔子には快適そのものだ。

服を脱ぎ散らかしながら、テレビをつけ、郵便物をチェックし、缶詰のスープを鍋《なべ》にあけて火にかけ、レタスやチコリを手でちぎってサラダボウルに放《ほう》り込む。温まったスープを鍋ごとテーブルに運び、スプーンを突っ込んで直接口へ。サラダも塩を振って、手づかみで食べる。ほとんど原始人である。

お風呂《ふろ》で本を読み、あがればパンツ一丁でビールを飲む。洗面所で髪を切り、部屋の真ん中を横切らせたロープに下着を万国旗のように吊《つる》して、部屋干しする。柿《かき》の種《たね》をかじりながら、ネットのブログを読みまくる。

何をしてもいい。翔子は、さながら独裁者だ。この自分だけの王国を捨てたくなる日が来るなんて、とても考えられない。

わたしは、自分を大切にしたい。それは、いけないことなのか。文句があるかとブックサ言いたい。その気持ちを『ｍｏｇの一人で生きちゃダメですか日記』というタイトルに込めたブログを始めて、二年半になる。

ブログにならば、正直になんでも書けた。驚いたのは、その独り言に反応があったことだ。翔子自身、人のブログに書き込みをしたことがあるが、自分の言葉に返事が来る嬉しさは格別だった。

共感もあれば、違う方向からの意見も来る。一人で閉じこもっていたのに、少しずつ世界が広がった。一人で十分と思い込んでいたが、答えてくれる人がいるブログが、いつか翔子の生き甲斐《がい》になった。

現実社会では、考えをあまり表に出さない慎重派だ。他人の反応がうっとうしいからだが、ブログでは違う。ｍｏｇという別名のおかげかもしれない。ｍｏｇは素の自分だ。二宮翔子のほうが、嘘《うそ》やごまかしの鎧《よろい》をつけている。

そう感じるようになったのも、ブログのおかげだ。

ネットおたくは、バーチャルな人間関係しか知らない、どこかが欠落した人格障害者みたいに言われる。確かに、個人攻撃や悪意のはびこりはものすごい。だが、それは現実社会も同じことではないか。

翔子のブログにも、いやらしい書き込みや意地悪な言葉がどんどん来る。でも、そんなものはさっさと消してしまえばいいのだ。匿名でも、共感を寄せてくれる人たちは確かにそこにいて、心の中にあることを話し合える。

翔子はネット空間があってよかったと、心から思っている。これがあるから、適応しきれない現実社会に食い尽くされずにすんでいるのだ。

3

《日本人絶滅危惧種話、コブ茶のツボでした。ところで、出生率の低下が問題になっているけど、これ以上子供が増えたら財政が破綻《はたん》すると心配していた時代もあったみたいですよ。川島雄三《かわしまゆうぞう》が昭和三十年に発表した『愛のお荷物』は、当時九千万人近い人口がこれ以上増えないよう、産児制限を法律化しようとぶちあげる厚生大臣の家族らが次々妊娠するという喜劇です。この映画では人口が一億を突破したら大変なことになると憂えていたのに、それから五十年後、実際に一億以上いる今、出生率の低下を憂える大臣がトンデモ発言をするとは、政治家というものはそんなものだと、草葉の陰から川島雄三がカラカラ笑う声が聞こえるようです》

やっぱり今回も、この人の反応が一番興味深い。

川島雄三か。彼が監督した『幕末太陽傳《ばくまつたいようでん》』という映画のDVDは、レンタルショップで借りて見た。俳優たちの動きが軽快で、かっこいいと思った。この映画を薦めてくれたのも、コブ茶だ。

正しくはコブ茶坊主。自身もブログを持っている彼のハンドルネームだ。

初めて彼が翔子のブログを訪れたのは、キョロをもらったその日の夜だった。バスケットで丸くなっている茶色い毛玉のようなキョロを写真に撮り、掲載したら、あっという間にコメントが押し寄せた。

この世の猫好きは、猫の前を素通りできないと見える。翔子も、そうだった。しかし、今度は自分の猫だ。「可愛い」と言ってもらえると、嬉しい。

単純に喜んでいると、こんなコメントにぶつかって、つんのめった。

《ついに、猫を飼い始めましたか。これでもう「一人で生きる」は、決定ですね》

それが、コブ茶坊主だった。

《初めて書き込みします。タイトルが面白いのでのぞいてみたら、コメディ映画、とくにジム・キャリーとスティーヴ・マーティンの大ファンと知り、思わずブックマークしました。いつも楽しく読ませてもらってます。不肖コブ茶も、喜劇好きでは負けません》

翔子が外国のコメディに凝り出したのは、テレビドラマの『アリー　ｍｙ　Ｌｏｖｅ』がきっかけだ。それも、テレビ放映時ではなく、レンタルショップで知ったのだから、ファンとしては周回遅れである。しかし、この世にここまで自分と波長の合うものがあると知った嬉しさから、あっという間にのめりこみ、『フレンズ』『セックス・アンド・ザ・シティ』と、アメリカのコメディドラマを次々制覇。後者に至っては、あんまり気に入ったのでＤＶＤをセット買いした。

週末にはレンタルショップに行き、コメディ・コーナーから気になるタイトルをまとめ借りして、ひたすら見る。テレビドラマから映画に自然に移行したが、コメディはロマンスの次に量が多くて、次々と見るべき作品が湧《わ》いてくるのだ。それが休日の過ごし方なのだから、翔子もいい加減、引きこもり人間である。

拘束時間が長い今の会社を辞めないのも、直接人と接する必要がなく、黙々とコンピュータを操作していればいいだけというところが、実に性に合うからだ。社員はみんな似たようなのばかりで、会話も業務連絡のみの素っ気なさ。喜世美や鈴枝とのランチタイムが楽しいのも、付き合いがその場だけにとどまっているからに違いない。

このように、海底の砂に潜ってほとんど活動しないタコさながらに低温体質の翔子だが、家でコメディ映画を見るときはテンションがあがる。

たとえば、いろいろ見た中で一番のお気に入りに決定したジム・キャリーとスティーヴ・マーティンの出演作品は繰り返し見て、細かい部分までチェックしては、うなっている。

この二人は、ただ面白いだけではない。寂寥感《せきりょうかん》の表現が世界一うまいご両人（そして、ジム・キャリーはハリウッド一のハンサム！）だと、翔子は思っている。身体《からだ》を使っておおいにふざける中でチラッと見せるからか、その演技力を評価されないのが口惜《くや》しい。アカデミー賞なんて、クソだと思う。

と、こんな風に、この二人のことになると、翔子はかなり興奮する。

挨拶《あいさつ》に続くコブ茶の次のような初書き込みは、そんな翔子のツボを激しく刺激した。

《ジム・キャリーは、ジェリー・ルイスの真似《まね》をしていた頃はどうなることかと思いましたが『トゥルーマン・ショー』は素晴らしかった。最近の『エターナル・サンシャイン』のｍｏｇさんのレポート、まったく同感です。ジム・キャリーの繊細な情感って、気付かれにくいですね。それでいながら、クレイジーに暴れ回るのを忘れないのも、彼の美点です。そんな彼の、知的かつクレイジーな芸風が爆発しているビートルズの『I Am The Walrus』のカバー、聴いたことがありますか。ビートルズのレコーディング・ディレクターだった恩恵を最大限に貪《むさぼ》っているジョージ・マーティンが、いろんな人にビートルズのカバーをさせた企画ものアルバムで、ショーン・コネリーによる『In My

Life』の朗読なんか、けっこういいですよ。ショーン・コネリーは声がいいので、ちょっと歌ってほしかったですけどね》

ジムが、ビートルズのカバーをしている!?

『マスク』や『バットマン・フォーエヴァー』でのワンマンショー場面で彼の歌のうまさにしびれていたのに、「知的でクレイジーな芸風爆発」の吹き込みを聴いてないなんて、ファンの名折れだ。早速、ネットで検索して購入した。

翔子は、ビートルズに関心がない。だから、『I Am The Walrus』という曲を知らなかった。ジム・キャリーの歌唱で聴くと、彼のために作られたとしか思えないほど、転調と曲想の変換が激しいシュールな曲だった。

その感想を、ブログに書いた。すると、コブ茶からコメントが来た。

《ビートルズの映画、『HELP! 四人はアイドル』とアニメの『イエロー・サブマリン』も、シュールなコメディですよ。イギリスのウィットが好きなmogさんなら、きっと気に入ると思います》

いやー、それも知らなかった。

『フル・モンティ』とか『ウェイクアップ! ネッド』『ウェールズの山』『カレンダー・ガールズ』といったイギリスのコメディも大好きで、感想を書いている。コブ茶が、翔子の好みの傾向を把握しているのが、なんとなく頼もしい。

翔子は財政上の問題から、たいがいレンタルで見てすませるが、コブ茶は自分のライブラリーを持っているらしい。博識なのは、そのせいだろう。

一体、何をしている人なのだろう。知りたいが、立ち入った質問はできない。当人が語るのはいいが、プライベートなことへの質問はタブー。それがブロガーたちの暗黙のルールだ。

ま、そんなことは、どっちでもいい。コメディ映画に関する彼の知識が、翔子をおおいに刺激するのだ。

コブ茶が何か教えてくれると、翔子はすぐレンタルショップに走る。翔子の好みは洋画に偏っているが、コブ茶は邦画も詳しい。『ひみつの花園』という映画は、彼のブログを読んでレンタルで鑑賞、即購入決定した逸品だ。

後に『ウォーターボーイズ』『スウィングガールズ』のヒットで有名になる矢口史靖《やぐちしのぶ》の初期作品で、すっとぼけ方が半端じゃない。主演の西田尚美《にしだなおみ》がものすごくよくて、唖然《あぜん》とした。

翔子はブログに熱く感想を綴《つづ》り、こうつけ加えた。

コブ茶さんが教えてくれなかったら、この傑作を見逃すところだった。感謝感謝――。

すると、間髪をいれず、書き込みが来た。

《そうでしょう。いいでしょう。矢口監督のその後の出世はめでたいが、作風が器用にまとまっていくのが寂しいです。『ひみつの花園』の臆面《おくめん》もないぶっとびギャグの連続は、若さのなせるわざだったんですかね。ところで、mogさんは木下恵介《きのしたけいすけ》の『カルメン故郷に帰る』をご存じですか。日本初の長編カラー映画ということで歴史的に語られる作品ですが、面白いですよ。木下恵介は『二十四の瞳《ひとみ》』などで文芸映画の巨匠のように言われていますが、何本かある喜劇はとてもしゃれてます》

これも早速、レンタルショップに走った。

名画の誉れ高いものは、ちゃんとレンタルに供されている。この『カルメン故郷に帰る』がまた、面白かった。寅《とら》さんの住職役から品のいいおじいさんという印象しか持っていなかった笠智衆《りゅうちしゅう》が、ズレっぱなしの校長先生を演じて、おとぼけ味満開だ。なにより驚いたのは、これがミュージカルであることだった。

頭の弱い家出娘が、都会で成功して帰郷した。実はストリッパーの彼女を芸術家と取り違えてあがめたてまつる、戦後まもないという時代背景でなければ成り立たないシチュエーション・コメディだが、当時を知らない翔子がクスクス笑いっぱなしだった。のどかなユーモアが、mogの好きなイギリスのコメディ映画のタッチと似ているからだろうか。田舎が舞台なのに、東京から地方に行く寅さん映画よりずっと都会的な感じがするのが不思議——と、ブログに書いた。

するとまたすぐ、コブ茶のコメント。

《木下恵介という人が、都会的なセンスの持ち主だからです。写真で見ると、とてもおしゃれなおじさんですよ。『お嬢さん乾杯！』も、品のいいコメディです》

彼のコメントを読むと、その映画を見たくなる。映画を見て感想を書けば、それに対する反応がまた「ツーといえばカー」だ。コメディ映画について書くときは、コブ茶の反応を楽しみにするようになった。というより、ほとんど彼に向けて書いている。彼に話しかけているのだ。

コメントのやりとりは、会話だ。時間を忘れる。好きなものについて、いつまでも話し合える相手がいる楽しさは、なにものにも替え難い。

4

さて、産む機械発言に端を発して紹介された映画『愛のお荷物』が、レンタルショップでみつからなかった。

それをこぼしたらコブ茶が、よかったら貸してあげるとメールしてきた。住所と本名を教えるのがためらわれたが、映画は見たい。それに、ジム・キャリーとスティーヴ・マーティンのよさがわかる人に悪人はいない――と、思いたい。

それで、ありがたく申し出を受けることにした。すぐに届いたDVDの梱包《こんぽう》には、住所と本名が書いてあった。新幹線で二時間ほどかかる街に住んでいること、そして、字があまりうまくないことがわかった。そのほうがいい。パソコンばかりいじるせいだと思うが、翔子も字には自信がない。

手紙がついていたが、「返却は、いつでもいいです」と素っ気ない。でも、見たらすぐに返すと決めている。ものの貸し借りに関して、だらしない人間だと思われたくない。これでも一応、社会人だ。

包装紙を丁寧にたたんで、『愛のお荷物』をただちにデッキにセットした。

登場人物が次々妊娠する話は最近テレビドラマで見たような気がするが、なにしろこちらは昭和三十年製作だから、半世紀も前の作品だ。なのに、こっちのほうが面白い。監督も俳優も、退化してるのかしら。

ストーリーだけでなく、女優たちのファッションが素敵だった。昭和三十年といえば第二次世界大戦の敗戦から十年後だから、シャネルとかディオールのデザインが入ってきた頃なのかもしれない。キリッとした仕立てで、品がいい。

そんな感想をブログに書き、コブ茶にもお礼がてらメールした。

ところが、返事が来ない。

三日経《た》っても、一週間が過ぎても、来なかった。彼のブログをのぞいてみると、一週間前から更新していない。

長期出張か何かだろうか。それとも、病気……。交通事故で死んじゃったとか？

心配になり、つい『ご病気ですか。心配しています』とメールを送った。すると、返信が来た。

『インフルエンザで寝込んでいます。だいぶよくなりましたが、高熱が続いたのでまだフラフラしています。一人暮らしなので、二日間、何も口にすることができませんでした。這《は》うようにして医者に行き、点滴をしてもらいました。たまりかねて実家に電話したら、母親が来てくれました。親のありがたさを、しみじみ感じています。一人で生きるには、健康でなければいけません。健康に関して過信していました。インフルエンザは強敵ですよ。ｍｏｇさんも、気をつけて。ちょっと風邪《かぜ》っぽいなと思ったら、無理をしないように』

これで、彼も一人暮らしだとわかった。母親に来てもらったということは、看病してくれる彼女はいないということか。

しかし、この人、一体いくつなんだろう。古い映画のことをよく知っているので、もしかしたらじいさんなんじゃないかと思ったこともあるが、ブログをやるじいさんなんて、そうそういないだろう。それに、じいさんだったら、母親も年寄りだから、看病に駆けつけるなんてできないよな。それじゃ、老々介護だよ。

やっぱり、映画おたくなんだろう。でも、文章の落ち着きかたが、おじさんくさい。三十代くらいかな。

あらま、いくつだか、気にしてる。なんでだ。翔子は少し、あわてた。

『回復に向かっているようで、安心しました。お大事に。ブログの更新を楽しみに待っています』

一人で苦しむコブ茶の姿を思い浮かべると（といっても顔がわからないから、とりあえずモザイクをかけて）、可哀想《かわいそう》になる。近くだったら、病院に付き添うくらいできるのになと思う。思うが、そのイメージの背後から警告音がブーブー聞こえる。

そういうことから、現実の関係になだれこんじゃうんだよね。そして、コメディについて楽しく語っていた気楽な関係に、もっといろんな要素が入り込んでくる。食べ物の好み。応援する野球チーム。生活習慣。それらの違いから生じるズレに、耐えられるだろうか。

今までの経験で、翔子は自分の狭量さをイヤと言うほど思い知らされている。

ぜんそくの豚みたいな、ひきつった笑い声。背中を丸め茶碗《ちゃわん》を抱え込んで食べる、貧乏くさい姿勢。体臭。何度言っても、トイレの便座をあげっぱなしにする無頓着《むとんちゃく》さ。みたらし団子のパックに顔を突っ込んで、ペロペロとタレをなめつくす、みっともないまでの食い意地。

ひとつ気に障《さわ》ることがあると、それ以上先に進めなくなる。そして、他のあらゆる欠点がどんどん見えてくる。

完璧《かんぺき》な人間はいない。翔子も欠点だらけだ。だが、それにしても、翔子が今までの人生でカスってきた男たち（ほんとに、カスる程度しか付き合ってない）ときたら、揃いも揃って、ろくなもんじゃなかった。

男運が悪いのか、はたまた、見る目がないのか。

ここがイヤ、あそこがダメというのはすぐみつけるくせに、こんな人がいいという選択基準が顔というのが困りものだ。翔子は面食いなのである（ジム・キャリーも、素顔は超のつくハンサムだ）。人付き合いは苦手と言っておきながら、顔がよければとりあえず、お取り寄せして試してみた。そうしたら、みなさん、顔のよさを台無しにする悪い癖の持ち主ばかりで、腐れ縁にならないうちにお引き取りを願う。懲りずに、それを繰り返す。

ほとんど、通販商品を買っては返品する感じ。

人をものと同じように扱うのが、ネットおたくの未熟さの証明――という批判を、翔子は跳ね返せない。

しかし、それなら、ネットおたくではない人たちは、ちゃんと相手を選んで付き合っているのか。相手に失望させられることはないのか？

まあ、人のことはどうでもいい。人がどうであれ、翔子は男とのこととなると、いい思い出がない。

多分、自分がいけないのだと、翔子は思う。癖が気に障るなんていうのは、言い訳みたいなものだ。自分の世界にずかずか侵入されることが、一番耐え難い。つまり、協調性がないのだ。包容力がない。人間の器が小さい。

キョロと、ブログ。それだけで満たされる人生。それでいいさと開き直れない、罪悪感のような、不安感のような、居心地悪さが常にあって、翔子の胸を漠然と圧迫する。

なぜ、そんな風に思うのか。それが、わからない。

一人で生きちゃ、ダメですか。

翔子は、世界に向かってそう問いかけたい。そして、誰かに答えてほしい。

一人で生きても、いいんだよと——。

5

『おかげさまで、体力回復。というところで、ｍｏｇさんちの近くにある美術館併設の映像ライブラリーで岡本喜八《おかもときはち》上映会があるのを発見。ちょうど私用が重なったので、そちらに行くことにしました。来週の日曜日です。ご都合がよければ、ご一緒しませんか。作品は「ダイナマイトどんどん」。やくざの宿敵同士が野球の試合で戦う話です』

翔子は、地元にそんな施設があることも知らなかった。早速、映像ライブラリーのロビーで会う約束をとりつけたのだが、カレンダーに予定を書き込んだ途端、後悔に似た感情に襲われた。

ブログでコブ茶のコメントを読むのは楽しみだ。反応がないと気になって仕方ないのは、この間の経験でわかった。それくらい存在を意識しているというのに、実際に会うとなると憂鬱《ゆううつ》な気持ちになるのは、どういうわけだろう。

人見知りする性格ではあるが、コブ茶は知らない人ではない。それに、男と付き合ったことがない箱入り娘じゃあるまいし、何をそんなに怖がっているのだろう。

公立の美術館は、高校時代に校外学習で鑑賞に来たとき以来だ。映画は好きだが、額縁の中でじっとしている絵画には興味が持てない。高尚な「芸術」は、自分には敷居が高すぎると謙虚なふりをして、その実、わたしゃ芸術より娯楽をとりますと、一人でいい気になっていた。

改装したらしく、記憶にあるのより立派な美術館の横に、いつ出来たのか、おまけのように平屋建ての小さい建物がくっついていた。美術館分館・映像ライブラリーと、壁面にプレートが埋め込まれている。

玄関口に、本日の上映会と書かれた掲示板が出ていた。キャッチャーの格好ですごむ、若き日の菅原文太《すがわらぶんた》をフィーチャーした古くさい色合いのポスターの上に、手書きの紹介文が貼《は》り付けてある。

――岡本喜八作品『ダイナマイトどんどん』。本日午後二時より一回のみ上映。解説・富田修（当ライブラリー学芸員）――。

市民の税金を無駄遣いせず、手作りで地味にやっていますといわんばかりの芸のなさに、気分をそがれる。

翔子は玄関の一メートル手前で、足を止めた。

やめようかな。会いたいなんて、ちっとも思ってない。だから、こんなに気が重いんだ。会う義理はない。すみません、急用ができてとメールすればすむことだ。これまで通り、ブログ友達でいいじゃないか。

だが、ここまで来て逃げ出したうえに嘘をつき、しかも、それを引きずらずに何食わぬ顔で今まで通りの間柄を続けられるだろうか。現実社会では嘘をついても、ブログではありのままをさらす。そうやって、自分を支えてきたはずだ。ブログ友達を裏切るなんて、それをやっちゃあ、おしまいじゃないか？

大体、何をそんなに怖がっているのだ。合コンに行くわけじゃない。映画を見るだけだ。それも、コメディを。

翔子は自分の頰《ほお》をピシャリとひとつ叩《たた》いて、早足で前進した。

中に入ると、上映十五分前なのにまだ開場していないらしく、狭いエントランス・ロビーにあるソファは数人の人で埋め尽くされていた。他にも、床にしゃがみ込んだり、立ったままの人がいる。

目印は、黒のパーカと黒のニット帽。

いた。壁にもたれて、カバーをつけた本を読んでいる。小柄で眼鏡をかけ、真面目そうだ。真面目そうとしか、言いようがない。なんというか、インパクトに欠ける顔立ちである。翔子の視線を感じたらしく、ふっとこっちを向いた表情が、固まった。

笑顔はなく、困惑している。それがはっきり読み取れて、翔子は内心、あわてた。

はっきり言って、好ましいタイプではない。イヤじゃないけど、どうしようもない面食い反応で、ガッカリしたのは本当だ。それが顔に出て、彼を傷つけたのではないか。

罪悪感を感じながら笑顔を作り、小走りで駆け寄って「コブ……さんですか」とささやいた。

他人の耳があるところで、コブ茶なんてふざけた名前をはっきり口にできない。彼もようやくうっすら笑みを広げて「はい。モグさんですね」と小声で応じた。互いの本名を知ってはいても、ハンドルネームのほうが呼びやすい。ここらの呼吸も、ツーと言えばカーなのだった。

「チケット、もう買われました？」

「ええ。でも、僕のぶんしか買ってないんです。すいません。あの、モグさんは、来ないかもしれないと思って」

翔子の顔から作り笑いが消えた。鏡に映したように、コブ茶の目にも再び不安げな影が差した。

怖《お》じ気《け》づいたのを、見透かされた？

翔子は今の言葉を聞かなかったことにして、「じゃ、わたし、チケット買ってきますね」と明るく言い、背を向けた。

上映会場は百五十席くらいのこぢんまりしたもので、椅子の座り心地も悪くなかった。しかし、客の顔触れが、暇つぶしに来たじいさんと、見るからに暗い映画おたくばかり。公的施設らしい味気ない内装もあいまって、空気がどんよりしている。上映前の学芸員の解説は通りいっぺんのもので、面白くなかった。ほとんど、中学校の講堂で見る教育映画会のようだ。

だが、映画はしっかり、面白かった。終戦後、暴力行為を禁止されたやくざが、野球の試合で決着をつけようとする。その人を食った着想が素敵だ。菅原文太をはじめ、北《きた》大路欣也《おおじきんや》、フランキー堺《さかい》といった役者たちが生き生きと跳ね回って、突き抜けたおかしさに満ちている。

傑作だ。なのに、思い切り集中できない。隣にいるコブ茶が気になって、しょうがない。つい、横目で様子をうかがっては、声を出さずに笑っているのを確かめて、見ていることを気付かれてはならじとさっと視線をスクリーンに戻す。笑い声を立てるのも、なんとなく遠慮してしまった。

野球の試合なのに結局暴力沙汰《ざた》になり、刑務所に送り込まれたやくざたちが所内で再試合を目論《もくろ》むというところで、映画は元気よく幕を閉じた。

翔子は先に「面白かった」と、明るく言った。少し、無理をしていた。本当は、もっと集中して楽しみたいと思った。だが、まさか、あなたのことが気になって上の空になっていた、なんて言えない。

コブ茶は「岡本喜八はいいですねえ」と、ぎこちない笑顔で答えた。

どこかでお茶でもということになり、地元の翔子がいい店に案内すべきところなのだが、結局、もよりのスターバックスになった。

そこでコブ茶が、今日の映画は役者たちがかの『仁義なき戦い』と重なり合うことから、やくざ映画のパロディーにもなっていると解説した。

「だから本当は『仁義なき戦い』を見ておいたほうが、もっと面白いんです。役者たちがセルフ・パロディーを楽しんでるところまで、よく見えて」

「そうなんですか。日本映画をよく知らないわたしは、損をしてるんですね」

「でも、知らなくても面白かったでしょう」

「はい。パワフルで驚きました」

コブ茶は頷いた。

「岡本喜八の映画は、アナーキーなパワーが魅力なんです。面白い映画って、結局、パワーとスピード感ですね。だから僕は、世界的巨匠ともてはやされても、小津安二郎《おづやすじろう》がダメなんです。しみじみ感と上品と制限された動きで攻めてきますからね。お膳《ぜん》、ひっくり返したくなります」

「……はあ」

小津安二郎は、名前しか知らない。コブ茶の最後の言葉は、いつもの彼らしいジョークだとわかるが、内容についていけない翔子は気の抜けた応対しかできない。

コブ茶はパチパチとまばたきし、首をすくめた。

「すいません。僕ばっかりしゃべって」

翔子は、あせった。

「そんなことないです。わたしこそ、知らないことばっかりで、すいません。暖簾《のれん》に腕押しみたいな答え方しかできなくて」

「いやいや、そんな。気にしないで下さい。えっと、あの、ジム・キャリーは最近、どうしてるんでしょうね。新作の噂、聞いてますか」

「いえ」

翔子は首を振った。

「『エターナル・サンシャイン』があんまりよくて。あれ以上のものって難しいですよね」

「うん。でも、シャープな動きが魅力だから、また『バットマン・フォーエヴァー』のときのような、ぶっとんだキャラをやってほしいな」

「あ、それはそうです」

うーむ。合いそうで、合わない。せっかく、コブ茶がジム・キャリーに話題を転じてくれたのに、翔子は泡を食うだけだ。緊張がほぐれない。いつのまにか二人とも、うなだれてしまった。

間を持て余してカップを口に運び、すっかり空であることに気付いた。盗み見ると、コブ茶のカップもどうやら空っぽだ。

どうしようもなくて、膝《ひざ》に置いた左手の手首をひねって時計を見た。その動作に、コブ茶は敏感に反応した。

「あ、そろそろ時間ですね」

「いえ、わたしは別に」

「いや、僕、日帰りの予定なので。明日は仕事がありますし」

仕事って何をと、喉元《のどもと》まで来ている質問を呑《の》み込んだ。

プライベートには進入禁止。

そう言えば、私用があると言っていたが、それはもうすんだのか、これからなのか。あるいは、あれは口実か。そこらへんも、アンタッチャブル。

駅まで送ると申し出たが、コブ茶はオタオタしながら断った。寄り道したいところがあると言う。

「それじゃあ」

「また、ブログで」

走り出すタクシーの中と外で、手を振り合った。そのときは、笑顔になれた。

見送った後、大きなため息が出た。

あーあーあ、疲れたあ。

なんでなんだ。ブログではあんなに快調におしゃべりできるのに。思ったことを、素直に書けるのに。

やっぱりわたしは、現実の人間が苦手のネットおたくなんだろうか。

それとも、コブ茶がジュード・ロウみたいないい男だったら（あり得ないけど）、自然とやる気が出ただろうか。

いや、顔の問題じゃない。いかにもおたくっぽい、パッとしない外見にガッカリしたのは事実だが、翔子だってたいしたことはない。コブ茶のほうこそ、わざわざ遠出してくるほどじゃなかったと後悔してるんじゃないか。

だから、さっさと帰ったんだ。そう思うと、情けなくなる。いや、もしかしたら、一緒にいる間中、落ち着かなかったのは、彼が翔子をどう思っているか、それが気になって仕方なかったからかも。

どっちにしろ、一人になって、ほっとした。

家に帰ると、キョロがとんできて足元にまつわりついた。

「こらこら、そんなにくっついたら、蹴飛《けと》ばしちゃうでしょう」

現金なもので、キョロは猫缶の中身をあけた皿を鼻先に持っていくと、さっさとそっちに集中した。その頭を撫《な》でながら、翔子はどんどん気が緩んでくるのを感じ、これが幸福というものなんだと思った。

この解放感。やっぱり、他になんにも要らないわたしなんだなあ。

気が合うと思っていた人でも、一緒にいることを楽しめなかった。わたしって、しんから一人じゃないとダメな人間なんだ。

それは多分、いいことではないと思う。人間としては欠陥品だ。

しょうがないな。シングルウーマン課税が現実のものになったら、おとなしく払うしかないね。まともに人を愛せない罰として。

そう自分に言ったら、少し、笑えた。

せめて、一生懸命働くか。税金ガッポリとられても快適な一人暮らしを維持できるくらい、お金貯《た》めとかないとねえ。

6

翌日、コブ茶からメールが来た。

お別れの仕方が感じ悪かったと反省しています、とある。

『僕は人付き合いが苦手で、mogさんとなんとか楽しく話をしたかったのですが、緊張してうまくいきませんでした。気まずい思いをさせて、申し訳ありません』

なんだ。似たもの同士で、同じことしてたんだ。ネット空間だと、そういうことがすっと腑《ふ》に落ちる。

翔子も落ち着いて、素直な返事を書いた。

『わたしも同じです。わざわざいらしたのに、あんまり盛り上がらなくて、退屈させたのではないかとへこみました。わたしはブログじゃないと自然に話せない、ダメ人間みたいです。コブ茶さんに気を遣わせて、本当にごめんなさい。これに懲りずに、また面白い映画のことを教えて下さい――』

　コブ茶からの返信はなかった。かわりに、彼のブログが更新された。「一人で生きる幸福について」というタイトルで。

《永井荷風《ながいかふう》という作家がいる。孤高というか、超わがままというか、二回結婚しているが主義として子供を作らず、結局のところ離婚して、全財産を詰め込んだボストンバッグ一つを脇《わき》に、気ままな一人暮らしを貫いた。「永井先生はいらっしゃいますか」と訪ねてきた人に「いません。本人が言うんだから間違いない」と追い返す、無茶な人だ。
そして、自宅で死んでいるところを発見された。享年、七十九歳。
死因は胃潰瘍《いかいよう》。食べたものを火鉢の中に吐いていたというから、苦しい中でもゲロの後始末がしやすいところを選ぶ理性が働いていたのだろう。

　この話から、コブ茶はてっきり、荷風さんは食事の途中で死んだのだと思っていた。だが、死骸《しがい》はきちんと背広を着てマフラーを巻いていたという。

　家の中が寒いから、着込んでいたのか。それとも、どこかに出かける予定があったのか。死出の旅が近いことを予期して、準備万端整えて待っていたというのは、うがちすぎか。

その死を「孤独死」と称する人もいる。だが、火鉢の中の吐瀉物《としゃぶつ》といい、外出着といい、ずいぶんと身ぎれいな死に様ではなかろうか。

独り身の生き方をわびしいとそしったり、同情したりするのは、一人ではいられない人の感覚だ。永井荷風はケチでイヤなやつだったらしいが、人の優しさをあてにせず、泣き言も言わずに一人を生き抜いた。してやったりとニンマリしながら、旅立ったと思う。着馴れた背広とマフラーを身につけて。

大切なのは、自分でいられる場があるかどうかだ。その意味で、荷風さんは幸福だったろう。個人主義者やネットおたくの「自分大好き」ぶりは、世間さまの攻撃の的だけど、ほっといてちょうだい。自分嫌いの八つ当たりで他人を傷つけたり殺したりするより、いいでしょう。自己弁護半分、自己満足半分で、コブ茶は、そう言いたい》

永井荷風さんのことは全然知りませんが、わたしもその死に方は、けっこういいんじゃないかと思います。教えて下さって、ありがとうございました――と、書き込みしようか、あるいは自分のブログに綴るか、少し迷った。しかし、どちらにも書かなかった。

気持ちは、通じた。それはお互い、わかっている。コブ茶はｍｏｇだけでなく、似たような「一人でしかいられない」ネットおたくたちに語りかけているのだ。そして、この記事にも、たくさんの名もなき一人好きがコメントを寄せるだろう。野心も夢も希望もない低温体質ばかりでも寄り集まれば、火鉢くらいには暖まる。

一人で生きちゃ、ダメですか。

今日も、翔子はブログを開く。キョロに邪魔され、ジム・キャリーに萌《も》え、コブ茶とネット空間だけで交信しながら、世界に呼びかける。

一人で生きているけれど、一人じゃないことを確かめる。そのために。

前向き嫌い

1

今、時代の主役は大腸だ。

肥満、肌荒れ、頭痛、肩こり、生活習慣病、そしてガン。毒出しを受け持つ大腸を活性化させることで、これら、現代人の誰もが抱える問題を駆逐できる。

「たとえば、これです」

矢代鈴枝は、プロジェクター・スクリーンに映し出されたパッケージデザインを、指示棒でぴしりと指した。

『大腸が喜ぶゴボウチップスのひと働き』

『35％増量した食物繊維と乳酸菌のハーモニーが、大腸に働きかける！　ノンオイル、ローカロリーで、大人のあなたの健康を考えたヘルシースナック』

『子供の健康を守るのも、大腸です』

　そこに、目鼻をつけて可愛《かわい》らしく擬人化された大腸のイラスト。宿便をためこんで疲《ひ》労困憊《ろうこんぱい》の大腸くんが、食物繊維くんにお掃除してもらって、元気一杯ニッコニコに変身する様子が描かれている。

「食べ物の袋に、イラストとはいえ、ウンコを描くのはどうかねえ」

　販売促進部部長、村野《むらの》の言葉に、会議室に顔を揃《そろ》えた販売促進部並びに営業部のメンバーから、ばらついた笑い声が起きた。

　まあね。この手の反論は織り込み済みだ。言わせたくて、わざとウンコつきの大腸くんを描かせたというところがある。プレゼン用のイラストを描いたのは、大学時代、漫画研究会にいた入社三年目の内藤《ないとう》だ。

　大腸を漫画風に描いてと頼んだら、「中身、どうします？」と訊《き》いてきた。

「大腸スッキリをアピールするんなら、使用前使用後が要りますよね」

「そうね」

　鈴枝は同意した。どうせ、反対される。だったら、好きなようにしちゃおう。

　どだい、ジャンクフードのスナック菓子が、健康志向を装うのが図々《ずうずう》しいんだ。ゴボウ、タマネギ、ニンジン、ゴーヤといった身体《からだ》にいいとされる野菜の粉末を使ったスナック菓子は、今までも何度も商品化されたが、三カ月のテスト販売であえなく討ち死にの歴史を重ねてきた。それでも、ときどき復活してくるのは、スローフードだの

ローフードだのロハスだの、セレブ御用達「正しいライフスタイル」の流行にあおられるからだ。

ゴボウチップスも、商品として生き残る可能性は低い。なんだかんだ言っても、スナック菓子を食べるのは子供と、味覚が子供の大人だ。キムチ味。カレー味。ピザ味。豚骨しょう油味。合成調味料や添加物だらけのどぎつい味の呪縛《じゅばく》から、彼らは逃れられない。

しかしながら、ゲームやインターネット同様、病んだ心身の元凶にされがちのスナック菓子業界としては、意地でもどこかで企業としての良心を示さねばならない。

本来なら、煙草《タバコ》にならって、「食べ過ぎは、あなたの健康に害を及ぼします」とパッケージに刷り込むのが筋だ。いや、それでは生ぬるい。

鈴枝は考える。正しくあろうとするなら、パッケージに刷り込むべきは次のような、人の心にぐさりと突き刺さる警告だ。

『食べたら、太るぞ』

『この味が好きなあなたは、デブですね』

『注意!! 食べ過ぎるとハゲる物質が入っています』

そんなことを思い浮かべながら、口では「ですが、大腸を直接洗浄する洗腸が、現在、最先端のダイエット法として話題になっている事実は見逃せません」と、一応、ぶちかます。

そして、ドラッグストアでの洗腸キット販売風景写真をプロジェクターに載せた。

これは、あなたがたへのサービスですのよ。わかっとるのかね。心で言いながら、眼鏡を押し上げるオブザーバー参加の管理職オヤジどもを見渡した。

オヤジどもは、自分はいつまでも時代の動きに敏感な若いセンスの持ち主だと、人に見せたがっている。どこぞのパーティーで「いやあ、うちも洗腸に注目してましてね」「と、言いますと」「ご存じでしょう、あの洗腸ですよ」「あーあー」なんて会話を交わして、得意がりたいのだ。

「大腸に関心が集まっている今、あえてスーパーの食品売り場に大腸の二文字を掲げるインパクトをご想像下さい。他社がしないことをしてこそ、我が社の健康志向のアピールができるのではないでしょうか。もちろん」

そこで、ニッコリ笑う。

「ひとつの提案に過ぎませんが」

「まあ、方向性は悪くないけどねえ」

村野が口にした、否定の前のワンクッショントークを合図に、ゆるい馴《な》れ合《あ》いの空気が流れて、大腸を排水溝に押しやりかけた、そのとき。

「ウンコはともかく、きれいになった大腸くんのイラストくらいは、いいんじゃないか？」

オブザーバー参加組のトップ、山崎営業統括部長のバリトンが響き渡った。

御年《おんとし》五十六歳で、暇つぶしに来ている専務たちより年下だが、今の時点で社内一の実力者である。そこここで交わされかけていた雑談の渦巻きが、ぴたっと止まった。

「僕も、テレビで見たよ。若いモデルさんがエネマをやってるって。エネマって、その洗腸のことだろう。カタカナにすると、メディアでも言いやすいんだな。エネマ効果ってことで、大腸をきれいにするメリットをパッケージの裏側に刷り込んでもいいんじゃないか。食品売り場だけでなく、ドラッグストアでも販売できるし」

第一営業部長がすかさず、自分もエネマについては知っていると口を出した。ＯＬたちはもとより、頷《うなず》きあっている。そのかげで、オヤジの一人がメモ帳に何か書き込むのが見えた。あとで、「エなんとか」っていうのなんだっけと、鈴枝にこっそり訊きに来るに違いない。

山崎は自分の影響力を楽しむように、ゆったり言った。

「村野くん、どう。矢代さんに、大腸の線でもう少し店頭展開しやすい方法を詰めてもらったら」

村野はしぶしぶ、それでも無理して笑顔を作って「そうですな」と頷いた。

「パッケージが無理なら、店頭デモンストレーションで大腸効果をアピールするというのはどうでしょう」

鈴枝が一応用意してきた軟着陸案を提示すると、今度は「ああ、それはいいね」と、大きな声で同意した。

「じゃあ、この件は村野くんと矢代さんに任せるとして、次は岩塩ポップコーンの動きだけど、苦戦してるみたいだね」

山崎が話を他の方向に振った。村野も、会議進行を担当しているはずの販促副部長も、憮然《ぶぜん》としている。

鈴枝は内心、そっと嘆息した。

大腸はオーケーという雰囲気になった。ちょっとしたシャレだったんだけどな。かえって、面倒なことになりそう。

本当に身体のことを思うなら、スナック菓子なんか食べないほうがいいのだ。現に、鈴枝は食べない。野菜とか魚とか、ちゃんとした素材を料理した「食事」をとる。こうして三食きちんと食べていると、袋菓子の油脂や合成調味料は胃にもたれて仕方ない。

自分では食べないのに、どうすれば売れるかに知恵を絞る。

矛盾しているが、女子大生就職難の時代にようやく入った会社だ。生きるために働いて、気がついたら勤続十二年。販売促進部で次長という肩書きまでもらっている。上司や同僚はさほど気に障《さわ》る存在ではなく、給料も悪くない。自活の手段としては、そこそこ満足できる環境だ。

決して健康的な食べ物ではないが、悪いのは食べ過ぎる消費者であって、毒を売っているわけではない。お菓子はお菓子。人生における楽しみのひとつと自分に言い訳して、この生活を続けている。

生きていくのが先だ。

環境保護を謳《うた》うステッカーを貼《は》り付けながら、排気ガスを噴出して走り回るのをやめない四トントラック。それが現代社会というものだ。みんな、生きるために他人と地球を食い物にしてるじゃないの。

それでも、ゴボウチップスは、少しはましかもしれない。いつのまにか、そう思う神経が、あるいは無神経が育っている。鈴枝なりに、会社人間になっているのだ。

会議は「とにかく、全員で力を合わせて、頑張ろう」と、声を掛け合って終わった。ファイルをケースにしまい、みんなのあとに続いて会議室を出ようとした鈴枝を、山崎が呼び止めた。身体半分、廊下に出ていた村野が、チラリと気にする素振りで視線を寄こした。

なんだか、ヤだな、こういうの。しかし、山崎は上司である。

鈴枝は心のこもらない作り笑顔で、会議テーブルの中央の椅子《いす》に陣取った山崎の前に立った。そして、販売促進部の部長をやらないかと持ちかけられた。

「うちも、女性管理職がもっと出てきていいと思ってる。広報部部長の藤島さんが五十八で定年が視野に入ってきてることだし、そろそろ第二弾をというのが幹部の総意でもあるんだ。で、僕としては、きみを販売促進部の次期部長に推すつもりでいる」

もっと出てこいと言うわりに第二弾てことは、女子の定員は一人なわけ？　あんたら、横綱審議委員会か。

困惑しながらも、鈴枝の頭は皮肉を浮かべる。そういう性分だ。何かドラマチックなことが起こりそうになると、とっさに距離を置こうとして、毒舌をふるったり、事をおちょくったりする。

部長になれだなんて、今すぐオリンピックに出て棒高跳びに挑戦しろと言われるくらいの衝撃だ。

「わたしはまだ、部長になるには、その、経験が足りません」

「一般的にはそうだが、販売促進部はもともと営業部の下部組織だったんだ。ポスト作りのために無理やり部に昇格させた経緯があるからね。部署の立ち位置としては、きみくらいのキャリアで十分だ」

「でも、村野部長は」

「いくらでも横滑りさせるところはあるよ。まあ、まだ、僕の腹案に過ぎない。だけど、どっちにしろ、きみを今の次長止まりにしておく気はないんだよ。次長なんて、マイレージ貯《た》めたごほうびのグレードアップみたいなもんだからな」

鈴枝はうっかり、クスリと笑った。確かに、どの部署にも次長がごろごろしている。山崎も、この言い回しがよほど自慢らしく「まったくなあ」と、意味なく強調した。

「買ってくださるのは嬉《うれ》しいんですけど、わたしは次長止まりでも構わないんです」

鈴枝は和んだ空気に合わせて、軽く答えた。

「管理職に向いていると、思えません。全体を見るより、末端の現場でバタバタしてるのが好きなので」

「自分で自分に限界作っちゃいけないよ。矢代くん」

山崎はからっと言った。

「僕はきみなら、人の上に立てると思ってる。それを阻んでいるのは、きみのそのマイナス思考だ」

「マイナス？」

「管理職は向いてないとか、できないとか、逃げてるじゃないか。もっと前向きに、自分の能力を伸ばそうとしてほしいね。立場が人を作るというのは本当だよ。きみも、せっかく十年以上、真面目《まじめ》にやってきてるんだ。そろそろ、その実績にふさわしい評価を受けるべきだと思わないか。もっと、自信を持てよ」

自信がないわけじゃない。管理職が、イヤなだけ。そりゃ、給料は上がるだろうけど、責任が重くなるのはイヤ。残業代、つかなくなるし。

結婚せずにずーっと働いていると、仕事に生きる女だと思われる。

そんなことないです。食っていくために、働いてるだけですよ。みんな、そうでしょう。出世したいなんて、思ってない。

これだけのことを考えながら、うつむいて押し黙る鈴枝に、山崎は優しく言った。

「きみの考えてることは、わかるよ。村野のことを考えると、気まずいだろう。男の嫉《しっ》妬《と》はたちが悪いからな。僕も、さんざん経験したから、よくわかる。でも、あえて、それを乗り越えてもらいたい。そのプレッシャーも、きみなら打ち勝てる。それに、きみ一人じゃない。総務の川並《かわなみ》くんも候補だ。まさか、総務部長というわけにはいかないから、情報管理部とかなんとか、新ポストを作るつもりだ。最近の若手社員には、愛社精神が欠けてるだろう。お、うちはなかなか、かっこいい会社じゃないかと思わせるような、新しい風を吹かせたいんだよ」

なんだか、閣僚に女性を起用して人気とりを図る総理大臣みたいじゃない。そりゃ、あんたは重役の中では一番元気で、次期社長の呼び声高いけど。

きみのためとか言いながら、結局、わたしの意向を汲《く》み取る気なんか、全然ない。わたしは、あんたのパワーゲームの駒《こま》なのね。

鈴枝は不満を押し隠し、困惑を表に出して、様子を見た。山崎は不愉快げに、おおらかな笑みを消した。

「ちょっと意外だな。ここまで言えば、もう少し、喜ぶと思ったんだが」

「いえ、まったく想定外で、正直、戸惑ってます」

「その年でかい」

それは、どういう意味よ。ここは正直に、むっと眉《まゆ》が吊《つ》り上がる。山崎は破顔した。

「セクハラ発言だったかな。仕事において、十分ベテランなのにという意味で言ったんだ。男なら、そろそろ昇進の話があってもいい頃だと考える年回りだってことだよ。それに、きみは村野に頭を抑えられて、不満そうに見えたがな」

「それは……不満そうな顔は生まれつきでして」

そりゃ、村野のセンスのなさには腹を立ててきた歴史があるが、しょせん、上司というのはそういうものだと見切っている。上司の悪口で盛り上がるぺーぺーの気楽さが、鈴枝は好きだ。

しかし、そんな気持ちは、山崎のような野心と自負心で出来上がっている人間には通じないだろう。

「ま、前向きに考えといてくれ。村野にやれて、きみにやれないことはないと、僕は思うよ」

シナリオ通りではない展開に飽き飽きしたらしく、山崎は上着に腕を通しながら立ち上がり、鈴枝に一瞥《いちべつ》もくれず、大股《おおまた》で出ていった。

会議室に一人残されて、茫然《ぼうぜん》としていると、開いたドアを新人ＯＬが遠慮がちにノックした。

「あのー、部屋の片づけ、していいでしょうか」

「あ、どうぞ。ごめんなさい」

反射的に笑顔を作って、新人の横をすり抜けた。

今の話、聞いてたんだろうな。部長昇進の話は、すぐにみんなが知るところとなるだろう。

わたしはそんなつもり、ないのに。

顔立ちはきつめだけど、毒舌家ではあるけど、素直じゃないけど、だからといって、目から鼻に抜ける有能なキャリアウーマン扱いはよしてくれ。

次長止まりで、ほんとにいいんだよ。先輩女子社員の九割がそうだった。

退職後は、親の介護に専念した人あり、お稽古《けいこ》ごと三昧《ざんまい》あり、ボランティア活動あり。大学に入り直した人も、結婚した人も、起業した人もいる。

そんな先輩たちの噂話《うわさばなし》を聞くと、自分はどうなるのかとチラリと考える。でも、チラリのパで消えていく。ただいま、三十五歳。定年までは、あと二十五年もある。

そんな先のこと、考えていられない。もう、生きてくだけで精一杯でございますわ。

こう見えても、わたし、バイタリティないんです。敢《あ》えて言うなら、川の流れに身を任せ主義。それが、わたし。

前向きになんか、なりたくねえや。

2

前向きについては、ランチ仲間の翔子から、こんな話を聞いたことがある。

翔子は通販業者の販売データ処理を請け負う会社で働いているのだが、その中に生き方指南本の直販で当てている編集プロダクションがあるという。

そのタイトルが、なかなか面白い。

『前向きになれる五十の方法』『自分を信じて前向きに』『前向き処世術が出世の鍵《かぎ》』『前向きマインドできれいになる』『前向き離婚術』『前向きな企業合併とは』『社員を前向きにするメンタルケアで、収益アップを』『前向き思考で自然治癒力アップ』エトセトラ。

「前向きってタイトルにつけると、とりあえず注文する人が多いらしいですよ。前向きかダイエットかっていうくらい、吸引力ある言葉みたいです」と、翔子。

「そうしてみると前向き思考って、成功するためのテクニックって感じね」

同じくランチ仲間でコンタクトレンズ販売店のフロア主任、喜世美の論評に、鈴枝は深く頷いた。

鈴枝が「前向き」という言葉を聞いてとっさに反感を抱く理由も、そこらあたりにありそうだ。

前向きにさえなれば、毎日が楽しく、きれいになり、モテて、出世して、金儲《かねもう》けができて、ガンにもならず、ダイエットにも成功し、とにかく、なんでもかんでもうまくいく。

これって、持っているだけで幸福が訪れる魔法のペンダントだの、財運があがる財布と同じレベルじゃない？

前向きが大流行する裏には、とにかくいい思いをしたい人の心の浅ましさが感じられる。

そりゃ、日々の悩みに溺《おぼ》れかけた人には、救いの浮き輪かもしれない。でもねえ、前向きって、そんなにいいか？　前向きにあらずんば人にあらず、みたいなもてはやされ方が気に入らないね。

明るくて、笑顔が素敵な人にならなきゃいけない、そうじゃないとやっていけないなんて、世の中の人間がみんな、ファストフード店のマネージャーみたいな感覚になってるほうが、へんじゃない。何をそんなに、あせってるの。

前向き思考というと必ず出てくる、コップに半分の水という譬《たと》えも、ばかばかしい。あなたは「もう半分しかない」と思いますか。それとも「まだ半分ある」と思いますか。で、まだ半分あると思うのが前向き思考で、そっちの勝ち。

しかし「コップに半分、水があるなあ」と、その事実を認めるのみという考え方だって、あるでしょう。鈴枝は、そのタイプだ。「もう」か「まだ」かの二分類しか提示しないなんて、あんまり単純すぎないか。

部長昇進に気は進まないが、定められたことならば、「もう」も「まだ」もなく、鈴枝は従うだろう。会社のイメージ作りのためのお飾り部長だとしても、根が真面目だから、ポストにふさわしい任務を一生懸命務めようとするだろう。

その結果、ストレスで身体を壊すことだって、あるだろう。だからといって、そのストレスから逃れるため、前向き姿勢にチェンジするなんて、考えたくもない。

うまく説明できないが、前向きにというのが性に合わないのだ。それは自分ではないと、そんな気がする。

生まれたものは、やがて消える。永遠に続くものなんて、ない。出会いは別れのプレリュードに過ぎず、若さは失われ、人は死んでいく。

すべては滅びゆくと思うと、うっとりする。そういう自分に苦笑いする。

わたしってば、ロマンチック。

しかし、そんな本性を隠し、大腸で明るい明日をとぶちあげる。仕事で人と接するときは、営業笑顔で明るく対応する。摩擦はなるべく避けたいし、イヤなことはさっさと忘れたい。

生きるっていうのは、大変なのだよ。食べていくので精一杯なんだから、これ以上、前向け、前向けと尻《しり》を叩《たた》かないでほしいね、まったく。

3

ゴボウチップスのテスト販売が決まった。

パッケージの裏側にはウンコなしの大腸くんのイラストが躍り、食物繊維が大腸を活性化させるという健康メモが印刷された。そして、店頭デモンストレーションで大腸効果をアピールしてみて、反応を調べようというのだ。

最初の店頭アピールには、郊外のショッピングモールにある大型スーパーが選ばれた。鈴枝は担当者として内藤を伴い、現場に赴いた。

大腸くんの発案者、内藤は、調子に乗ってフィギュア作りを提案したが、さすがにそれは予算の関係で許可されなかった。しかし、ポスターや手配りのチラシを積み込んだワゴン車の運転席につくと同時に、へっへっへとほくそ笑みつつ、助手席に座った鈴枝に毛糸で作った大腸くんの編みぐるみを見せた。

スポンジの芯《しん》に茶色の毛糸でカバーをし、折り曲げて大腸の形を作って、ボタンの目と赤い毛糸の口を縫いつけてある。だらんと垂れるだけだが、腕と脚もついている。

「あなたが作ったの」

「大学時代の友達に頼んだんです。編み物が好きで、何か頼むと大喜びでほいほい作ってくれるんですけど、大腸くんにはすごくのりましてね。ほんとはしっかり立たせて、Vサインさせたかったんですけど、バランスが難しくて、涙をのんで、脚を投げ出して座るテディベア・スタイルに落ち着きました」

「そう」

パッケージに描かれた大腸くんはプロの手によるものだが、形状は内藤がプレゼン用に描いたそのままを踏襲している（というより、ものが大腸だけにバリエーションの作りようがない）。

自分のアイデアが具体的に、しかも大々的に採用されたのは初めてなので、内藤の大腸くんにかける思いはひとかたならぬものがあるようだ。昨夜は、これを抱いて寝たという。

受け取ってみたが、いかにも素人の手作業だ。まあ、邪魔になるわけでもなし、適当に感心してみせたら、ハンドルを操作していた内藤がいきなり言った。

「次長、この機会だから、言いますけど」

「なーに」

仕事の愚痴かな、不満かな。それとも、大腸くんフィギュアの再プッシュかな。気楽に構える鈴枝に、内藤はやや緊張気味に頰《ほお》をこわばらせ、ひとつ唾《つば》を飲み込んでから言った。

「僕は、次長の味方ですから」

へ？

鈴枝は、ぽかんと内藤を見つめた。

「部長昇進の話で、いろいろ悩んでるんでしょう。村野部長、あからさまに面白くないって顔してるし、次長はけっこう気を遣うタイプだから、大変なんじゃないかと思って」

「ああ、そのこと」

山崎に打診されたのは、二週間前だ。鈴枝としては、社命なら仕方ないがとりあえずは考えないということで、頭の中の未決箱に放《ほう》り込んだ一件だ。

「まあ、まだ決まった話じゃないんだし。なるようになれって感じよ」

あくびをしながら、正直に答えた。ところが、内藤は不満そうに口をとがらせた。

「次長、強がらなくていいですよ」

ハンドルを切りながら、横顔で言う。

「愚痴こぼしたいときは、不肖内藤、いつでもお相手しますから」

「相手って、なんの」

「飲み会とかカラオケとか。あ、支払いは割り勘で。僕のおごりもありです。安い店になりますけど」

「ああ、そう。覚えとく。ありがとう」

強がるつもりはないけど、少しは無理をすることになるかもな。

鈴枝は内藤の言葉をきっかけに、棚上げ中の問題に思いを馳《は》せた。

村野の恨みがましい視線も感じてはいるが、文句があるなら上に言えの気分である。

それに、幹部の中には山崎の突出を嫌っている人間もいることだし、川並絵里子《えりこ》一人の総務内ナントカ部長就任で決着がつくのではないかと、鈴枝は踏んでいる。

一つ年上の川並は、女子トイレで「わたしは二人同時がいいと思ってる」と、話しかけてきた。

「その方が、お互い心強いじゃない」

「そうですね」と合わせておいたが、鈴枝の見るところ、川並には「わたしは頑張っている！」という強い自負がある。鈴枝とは、社内の姐御《あねご》的存在というイメージで同一視されがちだが、微妙に気が合わない。

あんまり、同志扱いされるのもねえ。しかし、それもまた「仕方ない」の心境だ。生命《いのち》をとられるわけじゃなし。

黙って、とりとめない考えにふけっていると、内藤が急に路肩に車を止めた。

「なによ。トイレ？」

内藤は運転席で身体をねじり、鈴枝と正面から向き合った。

「次長、ちゃんと聞いてください。僕、好きなんですから、次長のこと」

あらまあ。驚いたときの癖で、距離を置くためにプハッと笑った。そのままクスクス笑いながら、答える。

「ああ、そう。ありがとう」

「ユー・アー・ウエルカムです。僕は、基本的に年上好きですから。女の子女の子してるタイプが嫌いでね。ああいうのは、のしつけて、オヤジに差し上げたい。次長の色気ありそうでないところも、なかなか好きです。次長のファンです」

色気がないって、あんた、そりゃそうだけど、酒の席で言うならいざしらず、真面目に言われると、口惜《くや》しいやら恥ずかしいやら。ごまかし笑いをキープしつつ、他に適当な言葉がみつからないので、もう一度。

「……ありがとう」

「この際だから訊きますけど、次長、付き合ってる人、いるんですか」

いませんよ。悪いか。むっとした勢いで、笑顔がふっとんだ。

「そんなこと、あなたに言う必要ないと思うけど」

「いないんですね。じゃ、僕のことを前向きに考えてもらっていいですよ」

失礼ねと声を荒らげるのは、大人げない。鈴枝は深呼吸した。

「あのねえ。気持ちは嬉しいけど、そういうこと言われると、正直言って、仕事がしづらくなるのよ。少なくとも今のわたしは、あなたの慰めを必要としてないし」

「すいません。でも、何があろうと次長の味方でいる人間が一人はいること、知っておいてもらいたいと思って」

ああ、美しいJ-POPの世界。あなたはあなたでいるだけで素晴らしいとか、いてくれてありがとう、いつもそばで見守っているよとか？

おまえら、みんなまとめて、前向きの国へ行け。目障《めざわ》りじゃ！

今度こそ、距離を置けた。鈴枝はくっきりと笑顔を作り、頷いた。

「そ。じゃ、とりあえず、いい仕事して」

「はい」

内藤は元気に返事をして、あっさり引き下がった。

まったく、どこまで本気なんだか。でも、好きだと言われて、悪い気がするはずがない。何とも言えないこそばゆさが湧《わ》きあがってきて、鈴枝はそっぽを向き、クスクス笑った。内藤も横目で笑った。

開店前のスーパーのスナック菓子コーナー前にワゴンをしつらえ、店員に手伝ってもらいながら、ゴボウチップスのタワーを作った。三十代、母親タイプの女性デモンストレーターは、口の中で大腸効果解説の練習をしている。内藤はデジカメでディスプレーの様子を記録しつつ、編みぐるみの大腸くんをどこに置けば一番見栄えがするか、忙しく検討していた。

「これじゃ、小さ過ぎたな。でも、見れば見るほど可愛いですよ、こいつ。次長。いっそのこと、大腸くんの着ぐるみ、歩かせたいですねえ。部長になったら、認めてくださいよ」

「そんな先のことより、今のこと、しっかりやってよ」

たしなめたが、そうか、部長になったら、そういう決定権も持てるんだと、考えが頭をよぎった。しかし、すぐに別の考えが追いついてくる。そうはいかない、決定権はもっと上が握っている。

これがマイナス思考か？　いやいや、現実的なだけだ。リアリストと言ってくれ。名刺に刷ろうかな。リアリスト矢代。

スーパーは開店したが、まだ客の入りが少ないので、デモンストレーターを化粧直しに行かせ、鈴枝は試食用にするゴボウチップスを砕く作業にいそしむことにした。

そのとき、バタバタ足音がして、五歳くらいの男の子が駆け寄ってきた。そして、ゴボウチップスのワゴンを、口を開けて眺めた。

「触っちゃ、ダメよ」

鈴枝はつい、声をかけた。男の子は振り返ったが、また目をワゴンに戻したかと思うと、端に手をかけた。爪先《つまさき》だって、二段目に鎮座している大腸くんを取ろうとしている。

「あ、ダメ」

思わず駆け寄り、小さな身体を後ろから羽交い締めにして、その場から引き離そうと持ち上げた。男の子はもがいて大声をあげながら手足を振り回し、ゴボウチップスのタワーを根こそぎ床にばらまいた。

「きゃ」「あ」「よしき」「いやーあ」

数種類の叫び声が重なった一瞬の中で、鈴枝は子供を手放した。子供は床に尻餅《しりもち》をつき、びぇーと泣き出した。

「うあ、ごめん」

しゃがみこんだとき、「ごめんなさーい」と母親が走り寄ってきた。

「よしき、お店のものに触っちゃいけないって言ったでしょう。すいません」

「いえ、こちらこそ。どこか痛くした？」

それぞれ、相手と子供に話しかけ、顔と顔を突き合わせて、同時に目を丸くした。

「鈴枝？」

「――亜沙子《あさこ》」

亜沙子はすぐに懐かしそうな笑顔で一杯になったが、鈴枝の反応は一拍遅れた。

「次長、大丈夫ですか」

内藤に声をかけられるまで、鈴枝は口を開けて亜沙子と見つめ合っていた。

4

「元気そうね」

向かい合って座ったカフェで、亜沙子はそっと言って笑った。

丸顔で目尻が垂れていて、口元をほころばせるだけで、顔中満開の笑顔になる。

亜沙子の笑顔は単純だ。亜沙子は、苦笑も冷笑もしない。作り笑顔も、ない。笑顔を作ろうとすると、泣き顔になる。

要するに、わかりやすく可愛い女だ。それは、認める。大学に入ったばかりの頃、学食で一人で玉子丼《たまごどんぶり》を食べていたら、「ここ、座っていい？」と天ぷらそばを載せたトレイを抱えた亜沙子が、この笑顔で話しかけてきた。そのときから、なんとなく友達付き合いが始まった。

「おかげさまで」

分別ある社会人として、鈴枝も愛想よく答えたつもりだ。だが、こんな風には笑えない。

「ごめんなさい、お仕事中なのに」

「ちょうど、休憩とろうと思ってたから」

思いがけない再会だったが、子供は泣くわ、デモンストレーション・ディスプレーをやり直さなければならないわで、立ち上がった二人はそれぞれの用事で手一杯になった。鈴枝は少なからず動揺したが、おかげでいつも以上にテンションがあがり、プロのデモンストレーター顔負けの迫力で、ゴボウチップスの売り込みに精を出した。

二時間立ちっぱなしで、通りかかる客のすべてに声をかけ、試食させては宣伝にこれ努めていたところ、内藤に袖《そで》を引かれた。

「次長、さっきの方が話したいって待ってらっしゃいます。どうします？」

内藤がさりげなく示したチョコレート陳列棚の陰に亜沙子がいて、小さく会釈した。子供の姿は見えない。鈴枝も会釈だけは返したが、少し迷った。すると、内藤が顔を寄せてささやいた。

「事情ありそうじゃないすか。めんどくさい相手なら、僕が間に入って、次長はお忙しいからって帰ってもらいますよ」

めんどくさい相手ではある。しかし、わだかまりを残すような追い払い方は、したくない。

「昔の知り合いなのよ。そっけなくするのも悪いから、ちょっと旧交を温めてくる。あと、頼むわ」

デモンストレーターに声をかけて行きかけると、内藤が「次長」と呼び止めた。

「僕は味方ですからね」

そんなうがったことを言われるなんて、因縁の対決に臨むプロレスラーみたいな顔を、自分はしているのだろうか。鈴枝は苦笑して、軽く首を振ったのだが。

亜沙子と向かい合っているわが心をのぞきこめば、不快感がある。その不快感が顔に出ているかどうか、それはわからない。けれど、大人らしい対応をしたいと、鈴枝は思った。

「亜沙子も元気そうね」

「ええ。元気よ。みんな、元気」

言ったあとで、うつむく。みんな、つまり、恒平《こうへい》も元気なわけね。どっちだって、いいけど。

亜沙子がいじいじ黙り込んだので、鈴枝が会話を進行させねばならない。大人ですから。

「さっきのお子さん、どこにいるの」

「近くに従姉《いとこ》が住んでるんで、預けてきたの」

「そう。お子さんは、あの子一人？」

「うぅん。上にもう一人、お姉ちゃんがいて、きょうはお友達の家にお泊まりしてる」

「そう」

「鈴枝は、ばりばり仕事してるのね」

亜沙子は再びあの笑顔になり、嬉しそうな明るい声を出した。

「きっと、そうだと思ってた。すごく、素敵」

「別に、普通よ」

女が女に素敵だなんて、普通、言うか？

またしても、苦笑がこぼれ出る。こちらの顔色をうかがう亜沙子は、すぐにしょげた。

「鈴枝、怒ってるのね」

「怒ってなんか、いないわよ」

「でも、なんか……」

「ごめんなさい。木で鼻をくったような返事しかしてないわね。でも、正直言って、わたしのほうには話したいこと、なんにもないし」

「そうね、そうよね、そうだと思う」

亜沙子は、うんうんと一人頷く。そして、意を決したように真剣な顔で座り直した。

「わたしは、ずっと鈴枝と会って話したいと思ってた。だから、これは神様がくれたチャンスだと思う」

「神様？」

鈴枝は思わず、皮肉っぽくオウム返しをした。鈴枝の冷笑を、亜沙子はつらそうにみつめた。

「話したいっていうんじゃない——許してもらいたい」

「何を」

見当はつくが、あえて訊く。

「わたしと恒平のこと。恒平、鈴枝とちゃんと話し合ってないんでしょう。わたしも、結婚式の招待状、出せなかった。なんだか、だまし討ちみたいになって。でも、あのとき、アメリカに行くの決まってて、急いでたから」

鈴枝と恒平は、大学のスキー同好会で知り合った。最初からウマがあった、と思っていた。鈴枝のさっぱりしたところが好きだと、今思えば内藤が言ったようなことを、恒平も言っていたのだ。鈴枝は、恒平の陽気さが気に入っていた。将来のことまでは考えていなかったが、就職したあとも付き合いは続いた。

恒平と亜沙子を引き合わせたのは、鈴枝だ。誰かの家で持ち寄りパーティーをやるときなど、料理のうまい亜沙子は便利な知り合いだったのだ。その際に、紹介した。二人が打ち解けあったと知ってはいたが、気にしなかった。恋愛体質ではない鈴枝は、そういうところが鈍感だと、あとから人に言われた。

とにかく、鈴枝からみれば突然、恒平と亜沙子は結婚し、恒平の勤務先であるアメリカに手を携えて渡ったのである。

しばらくして、二人の連名によるエアメールが届いた。そこには、なぜ、二人がこうなるに至ったかの理由と謝罪の言葉が綴《つづ》られていた。

恒平は大学卒業後、銀行員になった。そこで主に不動産関連の業務についていたが、何件かの取引で知り合った外資系投資ファンドの人間から、うちで不動産マネージメントを勉強しないかと誘われた。

恒平は悩んだ。厳しい仕事だが、報酬は大きい。それに、自分の中の何かを認められた喜びもある。受けたい気持ちはおおいにあるが、不安は否めない。投資ファンドは悪役に見られがちだし、実際、したたかな連中がごろごろしていることは、今までの経験からよく知っている。そんな中に飛び込んで、やっていけるだろうか。

相談された鈴枝は、反対しなかった。しかし、賛成もしなかった。

投資ファンドのイメージは、確かによくない。しかし、犯罪行為を犯しているわけではない。れっきとしたビジネスだ。ただ、投資というだけあって、この世のすべてを「金になるか否か」のフィルターにかけるという、どこかあからさまな企業形態が個人的に好きになれない。それが、恒平のいい部分を損なうような気がした。

しかし、世間知らずの自分の気分で、恒平の人生を左右するようなことはしたくなかった。無責任なことを言いたくない。だから、ただ、こう言った。

「あなたが決めることよ」

それから、こうも言った。笑いながらだ。

「なーんて、母親になったみたい。やーねえ。おっぱい欲しいなんて、言わないでね」

手紙によると、恒平は鈴枝のそんな態度で、突き放されたように感じたそうだ。

亜沙子は「やるだけやってみれば」と、言ってくれた。

うまくいかないと思ったら、やめればいいのよ。それだけのことでしょう。やり直しのきかない人生なんて、ないはずよ。恒平さんの中に少しでもやってみたい気持ちがあるのなら、チャレンジすべきだと思う。やってする後悔のほうが、やらずにする後悔よりいいって言うでしょう——。

そのとき、自分に必要なのは、こういう前向きな考え方をする女だと恒平は思った。

鈴枝は賢い。だが、冷静に判断されたくないときもある。愚かさも笑って肯定してくれることが、どれだけ救いになるか、亜沙子が教えてくれた。恒平は、そう書いていた。

鈴枝と亜沙子の二股《ふたまた》をかけていたわけではない。転職に対する亜沙子の答えを聞いたとき、そばにいてもらいたいのは彼女だと大きく気持ちが動いた。それを、きみの前で言う勇気がなかった。傷つけたくなかった。卑怯《ひきょう》だったと思う。許してほしい……。

亜沙子のほうは、前から恒平に好意を持っていたが、鈴枝の恋人だとわかっていたからあきらめるつもりだった。しかし、話し合っているうちに彼を支えたい気持ちで一杯になり、こういうことになってしまった。何も言わずに決めたことを、本当に申し訳なく思っている。ごめんなさい、ごめんなさい、本当にごめんなさいと、くどくど書いていた。

恒平と鈴枝のことを知っていた友人は、遠回しに、あるいはおおいなる同情を持って、鈴枝を慰めた。だが、鈴枝は肩をすくめただけだった。

八年前のことだ。

そして今も、鈴枝は亜沙子の前で肩をすくめた。

「許すも許さないも、昔のことじゃない」

「本当に、そう思ってる？」

鈴枝は失笑した。

「あなた、見かけによらず、疑り深いのね」

「鈴枝」

亜沙子は哀れむような目つきで、そっと言った。

「鈴枝は本当は優しい人なのに、どうして、そんな意地の悪い言い方するの」

やめてよ。本当のあなたは優しい人だなんて、気持ち悪い迎合をするのは。わたしは優しくもあり、意地悪くもある。それが、正直ってことでしょう。

「じゃあ、言うわ。あなたを許す。許してあげる。でも、それは本心じゃない」

亜沙子は頰を引き締め、待ってましたという感じで頷いた。

そう。責めてほしいのね。それで、あんたの罪悪感が浄《きよ》められるわけね。

「わたしはね、もともと、あなたたちのこと、許せないなんて思ってない。裏切られたとも思ってない。恒平のことは好きだったけど、わたしはあなたのように恒平の背中を押してやる気にはなれなかった。恒平があなたと結婚したこと、間違いじゃなかったのよ」

亜沙子の口元がゆるんだ。それだけで、ぱーっと明るい笑顔が現れる。鈴枝はそこに浮かぶえくぼを突き刺すように見つめ、はっきり言った。

「でも、もし、あなたが、恒平があなたを選んだことを、わたしがいつまでも引きずってると思ってるとしたら、それは失礼ってもんよ。わたしは、平気だった。捨てられたと思ったこと、一度もない。あれは終わったのよ。すごく中途半端な終わり方だったけど、まあ、若いときの恋愛なんて、そんなものでしょう」

亜沙子の笑顔はかき消えていたが、鈴枝の言ったことを反芻《はんすう》するようにまばたきし、弱く微笑《ほほえ》んだ。その目には、またしても哀れみの色がある。無理をしていると思っているのか。

「わかった。でも、わたしは鈴枝が幸せになってくれないと、わたしの本当の幸せは来ないと思ってる。鈴枝には迷惑だろうし、関係ないって言われるだろうけど、わたしは、そうなの」

垂れ目がうるんだ泣き笑いの顔。恒平は、これに参ったのだろう。

わざとやってるわけじゃない。それは、わかる。生まれつき、こういう女なのだ。善人の自分が大好きな、単細胞。

「じゃあ、あなたの本当の幸せは死ぬまで来ないわね、悪いけど」

鈴枝は苦笑とともに、言った。冷笑とか苦笑とか失笑とか微苦笑とか、その手の微妙な笑みと営業笑顔のストックなら、豊富ですのよ。

「わたしはね、ちょっと不幸なのが好きなの。ちょっと不幸くらいが、一番居心地がいいの。恋人もいないし、お金もあんまりないし、働いてるのは生活のためで、生き甲斐《がい》なんか感じてない。それどころか、責任の重い立場に立たされそうで、考えるだけでうんざりする。寂しいし、虚《むな》しいし、つまらないし、情けないとも思う。でもね。だからって、どうしても幸せになりたい、神様仏様ご先祖様お星様、どうか幸せにしてくださいなんて、毎晩祈ったりしないわ。それほど、幸せに飢えてないもの。ちょっと不幸。でも、死にたいほどじゃない。そのくらいで、いいの。毎日、なんだかんだ文句言いながら、やっていくわ。それでいいの」

亜沙子は悲しげに、鈴枝を見た。

幸福はべたに甘いだけだけど、不幸はいろんな味がする。酸っぱかったり、辛かったり、塩《しょ》っぱかったり、苦かったり、ほんのちょっぴり甘かったり。そういうこと、知らないのね。

「ねえ、あなたの目からは、さぞかし意地張ってるように見えるだろうけど、それはあなたの考え方で、わたしは違う。わたしたちは違う人間なのよ。実を言うと、友達だと思ったこともない。ただ、古い知り合い。恒平も、そう」

それは、少し嘘《うそ》だ。ゲレンデで一緒に転げ回っていた頃の、恒平。雪を食べさせあったときの、まぶしい笑顔。口が大きくて、笑うと歯茎まで見える。その歯並びがまた大きくて、オランウータンみたいだと、鈴枝はよくからかったものだ。

昔のボーイフレンドだ。思い出せば、それなりにちくりと胸を刺す。

転職する彼についていく気は、鈴枝には毛頭なかった。だから、彼の決断をどうこう言う気はない。亜沙子と結婚したことを言い訳する手紙を読んだときは、かなりイヤな気持ちになったが、それは付き合っていた男にほかの女ののろけ話を聞かされる不愉快さに過ぎない。

あのとき、そう思い、今もそう思う。それが、川の流れに身を任せ主義の鈴枝の、身の処し方だ。

亜沙子は何も言わず、じっと鈴枝を見つめている。ああ、めんどくさいわね。

鈴枝はバッグから携帯を取り出した。さも、メールが届いたようなふりをする。

「もう、いいかしら。仕事に戻らないと」

「そうね。ごめんなさい。ありがとう」

ごめんなさい。ありがとう。そんな言葉がすらすら出る口。感謝の心を忘れずに。それが運を開く秘訣《ひけつ》と、前向き本には書いてある。

わたしは、そう簡単には言わないけどね。周囲に感謝してないわけじゃないけど、わたしだって、かなり我慢してる。人生って、耐えることだと思ってる。神様ったら、人間の忍耐力を試してばかりいるんだから。

カフェの支払いは、亜沙子がした。しばらく伝票の取り合いになったが、亜沙子が「仕事の途中に無理にお願いしたんだから」と言うのを聞いて、それはそうだと納得した。

ごちそうさまと軽く言って立ち去ろうとしたら、亜沙子が言った。

「鈴枝は友達じゃないって言ったけど、わたしは、いつかまた笑って会える日が来るって、信じてる。わたしの知ってる鈴枝に、きっとまた会えるって信じてる」

鈴枝は肩をすくめた。すべてを肯定的に受け止める根っから能天気な人間に勝てるものは、いない。

「そうかもしれないわね」

作り笑いでそう言いながら、心の中で毒づいた。

死ぬまで、やってろ。その、自慢たらしい前向きを。

5

鈴枝がときどき一人で行く小さいバー〈ブルームーン〉には、水槽がある。一人で切り盛りしているバーテンダーの小郡《おごおり》が世話をしているのだが、ネオンテトラとかグッピーとか、お馴染《なじ》みの熱帯魚がチラチラ泳ぐ水底の白い砂に、目にも鮮やかな赤白縞模様《しまもよう》の小さな生き物が加わっていた。顔を近付けてよく見ると、それは小さなエビだった。

「これ、エサなの？」

「いやいや、観賞用のエビなんですよ。身体の縞模様が蜂《はち》に似ているんで、レッドビー・シュリンプと呼ばれてます。個体によって微妙に色の配分が違うんで、じっと見てると、けっこう楽しいですよ」

「ふーん。エビなんて、食べるものとばっかり思ってたけど、観賞用があるの」

「観賞用のカニもいますよ」

「熱帯魚はまずそうだけど、このエビはちょっとおいしそうじゃない？」

小郡はグラスを拭《ふ》く手を休めず、唇の端で微笑んだ。

「食べるには、小さすぎますよ。食べ応《ごた》えがないでしょう」

「そうね」

二センチあるかないかのエビは、チョコマカ動き回っている。口も小さく、少しずつしか食べられないので、生きている間はとにかく、ずっと食べているのだそうだ。長生きしても二年の生命。小さすぎるので、水槽用の小石や流木の下敷きになって死ぬこともある。

「でも、丁寧に世話してやると、いつのまにか増えてるんですよ。ここにいるのは、うちから連れてきたんです」

「小郡さん、ご自宅でも飼ってるの？」

「ええ、店の水槽のメンテナンスしてもらってる業者さんにそそのかされてね。アクアリウムって、いいもんですよ。疲れて帰っても、水槽の前に座ると、見入っちゃうんです」

「そう……」

小さな水槽に見合ったサイズの小さな生き物たちが、無心に泳ぎ、這《は》い回る。薄暗いバーで、そこだけが白い光を放っている。確かに、眺めていると自然と口が閉じる。話す必要を感じないし、黙っていることが気詰まりでもない。そして、退屈しない。何もしてないのに。

この光景、見ようによっては、暗いよ。誰とも口をきかず、もの言わぬ魚やエビをただ眺めているだけなんて。

「この魚やエビは、前向きに生きなきゃ、なんて思ってやしないよね」

「前にしか進めないみたいですけどね」

「アハ」

何も考えず、ただ、生きてるだけだ。本当の前向きって、そういうことじゃないのか。

「ああ、でも、エビは後ずさりしますよ。危険を感じたときなんかはね。魚は身体の構造上、バックはできないけど、Uターンはします。獲物を捕るとき、知らん顔で通り過ぎて素早くUターンしてパクリ。後ろ向きをやらないわけじゃない」

「そうか。戦略的な後ろ向きもあるのね」

「生存本能のなせるわざでしょうね」

生存本能ね。その言葉が一番落ち着くかな。

なぜ生きてるかって？　生存本能があるからです。どう生きたいかって？　知りません。生存本能に任せてますから。

心の中で自問自答して、鈴枝は少し笑った。

その合間も、赤い小さなエビは忙しく足を動かしている。

あきらめ上手

1

女性向けファッション雑誌の読者が投票で選ぶ〈抱かれたい男〉ランキングというのがある。いつからか毎年恒例のお楽しみとなり、芸能人にとっては人気のバロメーターともなっているようだが、条件が「抱かれたい」になっているところがミソだ。

「つまり、ホストクラブのナンバーワン争いみたいなもんですね」

二宮翔子がけろりと言った。化粧気のない少女のような外見と、妙にさばさばしたおばさんくさい口のききかた。このギャップから二十六歳という実年齢を推し量るのが難しい翔子の印象は、誰が見ても「ヘンな女」である。

そこへいくと、外見内容ともにまとも一筋の田之倉喜世美は、そこまで露骨な物言いはしない。

「そうとばかりは言えないよ。二十代の女の子が抱かれたいというからには、ロマンチックでソフトなハグ程度を是非、お願いしたいっていう相手なんじゃない？　男が抱きたいっていうと、即、やりたい、なんだろうけど、女の子は違うっしょ」

「あ、そうか。田之倉ちゃんもまだ、二十代の女の子だったのよねえ」

三十五歳の矢代鈴枝がことさら「子」に力点を置いて、割って入った。
二十六、二十九、三十五。微妙な年齢差と、販売データ処理会社社員、コンタクトレンズ販売店のフロア主任、スナック菓子メーカーのベテランOLという職種の違いを乗り越えてウマがあう三人女、恒例のランチタイム・トークである。
「わたしは、子抜きの二十代です」

喜世美はすまして答えた。さらに言うなら『女の二十代は二十八までで、二十九歳はもう三十同然だ。ああ、いっそ早く、正式に三十になりたい。いや、ジャスト三十というのも落ち着かない。三十二くらいがいい。そのへんなら、あきらめがつくというものだ』という本音まで言ってしまいたい。

でも、そんなことを口に出したら、鈴枝が眉《まゆ》を吊《つ》り上げるに決まっている。

あーら、じゃあ、わたしなんか、もう悟りの境地ってわけね。四十になったら生き仏？

とか言っちゃって、最後には、なってみたらわかるけど、三十代って二十代の三倍いいものよと、こんな感じで年齢自慢するのだ。年齢に触れる発言をしたときの鈴枝のパターンは、もう頭に入っている。そんな鈴枝の皮肉を封じる方法も。

「じゃあ、矢代さんはこの抱かれたい男問題、どう思うの？」

と、ご意見を承《うけたまわ》るのだ。すると、待ってましたとそっくり返る。

「それなら、わたしも田之倉ちゃんに賛成。ただし、ハグだけでもいいなんてことはないと思うよ。近頃は中学生だって、ソフトなハグ程度じゃ収まらないでしょう。軽いチューから朝までやりまくりのただれた情事まで、全部やってほしい相手ってことだと思うよ。女は欲張りだもん」

カレーライスを頬張《ほおば》っていた翔子が、三人が囲むテーブルの真ん中に広げた雑誌のランキングをつくづく見て、首をひねった。

「わたし、こういうの、わかんないな。こういう人たちと二人きりでいる状況というのが想像できない。ていうか、想像したら、笑っちゃいそう」

「翔子ちゃんは、変わってるのよ」

喜世美は一応そう言ったが、実は、翔子と同意見だ。絵に描いたようなラブシーンが苦手の体質上、あきらかに美形の男が、燃えさかる情熱にかられました、みたいな熱っぽい目つきで迫ってくるところを考えただけで「ウププ」と吹き出してしまう。

これは、一種の自衛反応だ。本当は自分だって、そんな目にあってみたいに違いない。だが、そんなこと、あるわきゃないよという悟りが屈折して、お笑い種《ぐさ》に変えてしまうのだ——と、自己分析に走る今日この頃。これも二十九歳、実はほとんど三十のなせるわざ。夢見る乙女はとっくの昔に、現実という名の怪獣に踏みつぶされて昇天いたしました。アーメン。

「だけど、抱かれたい男と好感度ランキングは違うよね」

沈思黙考にふける喜世美の横で、鈴枝がさらに持論を繰り広げた。

「わざわざ、抱かれたいと特定しているところがエライわよ。普通の女は、普通に付き合うならこんなんじゃなく、好感度で選ぶと思わない？」

そこで、喜世美が最近のトピックを披露した。

「その好感度ナンバーワンみたいなのが、最近、身近に現れたのよ。うちの嘱託眼科医なんだけどね」

「どこらへんが、ナンバーワンなの」

鈴枝が身を乗り出した。応《こた》えて喜世美は、ぴっと右手の人差し指を立てた。

「そのものズバリ。感じがいい」

コンタクトレンズは医療機器だ。販売する際には医師の処方箋《しょほうせん》が要る。というわけで、たいていのコンタクトレンズ販売店には眼科が併設されている。

といっても、一人の医師が常駐しているのではない。喜世美が勤務する〈クリア・アイズ〉には、大学病院からの紹介で何人かが交代でやってくる。

しかし、医師と店舗スタッフの間には、厳然とした垣根があった。必要最小限の会話しか交わさず、医師は時間が来たらさっさと退出する。彼らにとっては、期間限定のアルバイト先に過ぎない。そうした事務的な態度がいかにもエリート風を吹かせているようで、スタッフ側にも、あの人たちは客とのトラブルを避けるための厄除《やくよ》け札《ふだ》みたいなものと割り切って、距離を置く習慣がついていた。

「医者ってそういうの、多いよね」

鈴枝がコメントを差し挟んだ。

「先生って呼ばれるのが普通になってると、どうしたって頭《ず》が高くなるわよ。わたしはあんまり、付き合いたい人種じゃないな」

「最先端医療の情報本作った人に、聞いたんですけど」

今度は、翔子が口を出す。

「プライドのお化けっていうか、自分が一番みたいに思ってるやつが多いんですってよ。収入がいいから医者と結婚したがる女の人も、上昇指向の固まりでしょう。医者のソサエティって、そんなのばっかりがいる世界なんですね。こわーい」

「でも、うちみたいに医者の素顔見ちゃう現場にいると、それでもいいから結婚したいとは思わなくなるみたいよ。たいして、いい男もいないしさ」

大体、今まで来ていたのが揃《そろ》いも揃って、喜んで距離を置きたいタイプばかりだった。

サンダルをペタペタ鳴らして歩く猫背でデブのジジィ。美人なのに、話し方といい表情といい高飛車で、女子スタッフからツンツン姫なるあだ名をつけられた女医。パサパサの髪とぼんやりした面持ちで、客の顔をろくに見ずにしゃべるヘンに暗い若年寄り。強度の近視は網膜剝離《もうまくはくり》のリスクが高いから徹底的な眼底検査をしろ、初期症状ならレーザー手術ですぐ治ると、勝手に営業をかけるレーザーおたく。

しかし中谷隆志《なかたにたかし》は、目医者にはろくなのがいないという店内伝説を一気にひっくり返した。

身長百七十五センチ、体重六十五キロ（推定）。年齢三十歳（これは事前に渡されたプロフィール紹介に書いてあった）。目鼻立ちにこれといった特徴はないが、大きなチャームポイントがある。

新任の嘱託医は、朝礼のときに店長から紹介されるのが通例だ。大体「よろしくお願いします」と、互いにちょこっと頭を下げて終わりだったが、彼は違った。

僕はずっと大学病院で教授のパシリをやってましたから、こういう店舗形態の中で働くのは初めてです。いずれ開業したときに、患者さんに喜んでもらえる医者になるにはすごくいい勉強の場だと思ってるんで、いろいろ教えてください――そう言って、ペコリと頭を下げた。そして、顔を上げたときには笑っており、ぐいと上がった口角の脇《わき》にえくぼが浮かんでいた。

自分から歩み寄ってきたというだけで、スタッフたちの気持ちは和んだ。とくに、えくぼは女子スタッフたちの間で話題になった。

そして、この人当たりのよさとえくぼは、客たちの心もとらえた。カーテンひとつで仕切った診察室に患者が（喜世美たちにとっては客だが）入ってくると、快活に「こんにちは」と挨拶《あいさつ》する。そして、所見を話すときもしっかり相手を見るのだ。口角の上がった顔で。

何か質問されて考えるときは「うーん」と目玉を天に向けながら、引き締めた口元が微笑《ほほえ》みの形になる。これが実に、優しそうだ。「優しそう」は「美男」より、獲得ポイントが高い。

かくて、明らかに中谷狙《ねら》いの女性客が出現した。目がゴロゴロする、かゆい、違和感があるとかなんとか、なんだかんだ症状を訴えて、月水金の彼の担当日めがけて一週間おきにやってくる。巻き髪に、適度に身体《からだ》にフィットしたAラインのワンピースで、先のとがったハイヒールの爪先《つまさき》をやや内向きにする。二十五歳くらいの作りだが、健康保険証によると三十二歳だ。

「とにかく、中谷先生は感じのよさでうちのアイドルになってるのよ。感じがいいって、セックスアピールより吸引力あるみたいね」

「あるみたいねって、他人事みたいに。田之倉ちゃん自身は、どうなのよ。吸引されてないの」

　鈴枝の突っ込みは、もっともだ。

「うーん。そうねえ。やっぱり、先生だからかな。この職場長いから、どうしても立場をわきまえるって態度が染みついて、傍観者になっちゃうみたい」

「田之倉ちゃん、真面目《まじめ》だからな」

「ねえ、今、気がついたんですけど」

　中谷問題にはまったく興味がないらしく、相変わらず〈抱かれたい男〉ランキングの詳細に見入っていた翔子が口を挟んだ。

「この抱かれたい男たちの中で、医者を演じたら似合いそうなの、いませんねえ」

「セクシーな医者はいないってことじゃない」

　鈴枝の乱暴な断言で、ランチタイムはお開きになった。

　鈴枝と翔子とのランチタイム・トークが楽しいのは、お互いの私生活に立ち入る趣味がない者同士だからだ。中谷を本当はどう思っているかなどとしつこく勘ぐってこないから、とても助かる。

　しかし、いったん店に戻ると、他人の人生に干渉するのを生き甲斐《がい》にしているような人種が忍び寄ってくるのだ。

2

商品管理室で在庫のチェックをしていたら、眼科の受付を務める派遣社員の佐野麻紀《さのまき》が「手伝いましょうか」と声をかけてきた。

「いいですよ。保育園のお迎えがあるんでしょう」

佐野はまだ幼い二児の母である。保育園の送り迎えがあるため、時間の融通が利く派遣でしか働けない。しかし、働くのは子育てのストレスを発散するためで、どうしても正社員として採用されたいわけではないそうだ。

やっぱり公務員と結婚すると精神的には楽ですよ、リストラがないですもん、などと言う。そのあけすけぶりから若いスタッフたちに敬遠されているが、喜世美はそれなりに気を遣う。そのせいか、喜世美にはよく話しかけてくる。

「きょうは、旦那《だんな》のほうのジイちゃんバアちゃんに預かってもらう日なんです。もう、両方のジジババ使うしかないですよ。男の子二人も、なんで年子で産んじゃったか、後悔しても遅いんですけど」

「大変ですね」

立場は喜世美のほうが上だが、佐野は三十七歳だ。どうしても敬語になる。

「でも、ここは本当に構いませんよ。どうぞ、お帰りください」

「帰りますけど、その前に、ちょっといいですか。どうしても、気になることがあって」

床に膝《ひざ》をついて作業する喜世美の傍らにしゃがみこみ、佐野は顔を寄せてきた。

男子スタッフの誰かが客をナンパしたとか、女子スタッフの誰かが爪《つめ》を伸ばしすぎだとか、その手のご注進か。派遣社員は、正社員のことをよく観察しているからな。

お相手を務めるのも、なぜか佐野に見込まれた喜世美のさだめ。手を止め、佐野のほうに向き直った。

「なんでしょう」

「中谷先生のことなんですけど」

「先生が、なんですか」

「加賀美《かがみ》さんが、中谷先生のことが好きだって、更衣室でアタック一番乗り宣言したんですよ」

加賀美由樹《ゆき》は愛想のよさで一発採用された、こちらも好感度ナンバーワン的（二十四歳だから、堂々の）女の子だ。待ち時間が長いときなど「申し訳ありませーん」と、眉を寄せ、肩を縮めてすまながる。男性客に人気があるので、うるさそうなオヤジが来たら、それとなく由樹にカルテを回す習わしができた。

あの男転がしが、中谷を？

「このまま事態を放置して、いいんですか」

そんなこと、言われても。

「別に、嘱託医を好きになっちゃいけないっていう社内規定があるわけじゃないしねえ。そんなこと聞かされても、わたし、困るわ」

「注意してほしくてチクってるんじゃありませんよ。中谷先生は、田之倉さんにぴったりのお相手じゃないですか。ほっとく手はないですよ」

「ぴったりって」

喜世美は思わず、笑った。

「わたしは中谷先生のこと、なんとも思ってませんよ」

「田之倉さん、中谷先生みたいなの、タイプじゃないんですか」

「いい人だとは思うけど、ほら、仕事上の関係だし」

「答えになってない。結婚してなけりゃ、わたし、絶対、狙いますよ。それくらい、上物です」

上物なのは認めるけど、狙えと言われてもねえ。曖昧《あいまい》な笑いでごまかす喜世美を見て、佐野は身をよじった。

「じれったいなあ、もう。田之倉さん、サバイバル能力、なさ過ぎ。明日、地球が滅亡するって誰かに言われたら、けっこう簡単に受け入れるでしょう」

それはまた、いきなりな質問である。だが、喜世美は即答した。

「うん。そうする」

「そこが、おかしい。宇宙船に乗ろうとか、シェルターにもぐればいいんじゃないかとか、なんとか助かろうとするもんじゃないですか、普通」

「だって、地球が滅亡するんでしょう。だったら、逃げようがないじゃない」

「それでも生き延びたいと思うのが、生き物の本能ってもんですよ」

「それと中谷先生と、どんな関係があるの」

「一事が万事ってことです。可能性があるのに見過ごすのは、怠慢です」

「また、そんな」

一笑に付してみせたが、心がざわめいた。

可能性があるのか？

中谷隆志は誰が見ても、どこから見ても、優しそうで感じがいい。こりゃ、モテますぜ。

喜世美が中谷を遠くから眺める態勢でいるのは、立場をわきまえているからではない。モテる男争奪レースに加わりたくないからだ。戦闘意欲を奮い立たせなければならない状況が、苦手なのだ。

もしかしたら、喜世美は下方指向なのかもしれない。誰も狙わないような、喜世美にしか良さが見えないような、野に咲く花みたいな人がいい――って、こういう考え方も、相当メルヘンだな。誰も狙わないヘタレは、どこまでもヘタレなものだし。

それはともかく、ちょっとでも上物感が漂う男は喜世美の手に余る。恋愛キャパシティーが異常に小さい。これはもう、そういう生まれつきというしかない。

傷つきたくない症候群？　そうかもね。でも、それも一種のサバイバル能力だ。わたしは恋を食う女じゃない。

3

ところが、無欲の勝利と言うべきか、その中谷のほうからお声がかかった。

店長が急な発熱で早退したため、喜世美が最後まで残って営業データや店内保全のチェックをしていると、私服に着替えた中谷が診察室から現れた。

「あら、先生。まだ、いらしたんですか」

「ええ。ちょっとパソコンいじってまして」

「そうですか。遅くまで、お疲れさまです」

愛想よく言ってすぐに背中を向け、カルテを詰め込んだキャビネットの鍵《かぎ》をかけた。

そこに――。

「えーと、田之倉さん。ちょっと、いいですか」

「はい、なんでしょう」

営業笑顔を絶やさず、まるで客に対するときのようにカウンターの前に進み出た。中谷は少し照れ笑いを浮かべ、躊躇《ちゆうちよ》した。例のえくぼが浮かんでいる。

「あ、いいですよ。みんなに声をかけて、セッティングします。何か、食べたいものとか行きたいところとか、ご希望あります？」

「よかったら今度、飯でも食いませんか」

「いや、みんなとかじゃなくて」

「できれば、二人で」

照れ笑いがまた一段、大きく広がった。

なんですと？

「二人、ですか」

「ええ」

「先生とわたしの二人？」

中谷はさらに笑った。今度は照れ笑いではない。目に驚きの色が浮かび、面白がっているようだ。

「いけませんか」

「いえ、そうじゃなくて」

喜世美はまじまじと、優しそうで感じのいい笑顔をみつめた。

学校一のアイドルが、学校一の美女ではなく、パッとしないヒロインに愛を打ち明ける往年の少女漫画を「ケッ。ンなこと、あるわけないじゃん」と小バカにしてきた恋愛ドラマ・アレルギーの喜世美である。〈クリア・アイズ〉内という小さい世界で、しかも、どん底続きのレベルから見ての過去最高という微妙なランクながらアイドル状態の、それも医者が（そのうえ、三十歳独身！）、フェロモン皆無の地味女を口説くなど、考えられない。

まわりくどいが、喜世美の思考は自然にスパイラル下降をたどるのである。

「先生、もしかして、うちに何か、ご不満でも？」

「え？」

「診察室といっても、カーテンひとつで仕切っただけで狭いし、先生方の休憩室もないし、一応眼科と名乗っているのに、あんまりな環境ですよね。わたしも前々から、もう少しなんとかすべきだと思ってたんです。店内との循環を考えるとカーテンのほうが実用的ですけど、でも、改善してほしいことがおありなら、何も特別に席を設けなくても、今、ここで言ってくだされば」

「そうじゃないです」

ペラペラしゃべる口を、中谷が苦笑で止めた。

「田之倉さん、僕と二人で飯食うの、ご迷惑ですか」

「とんでもない！」

本能が素早く反応した。あわわ。ちょっと、待て。舞い上がるな。

「いえ、その、二人でという意味がわからなくて」

「意味って」

中谷の愉快がっている笑顔が再び広がる。いやー、こりゃ、困った。確かにチャーミングでございますわ。

「普通、こんな風に誘ったら、デートでしょう」

「はあ」

そうなんですけど、すごく長いこと、こんな風に誘われたこと、ないもんで。

胸の中で言い訳をする。数少ない恋愛体験においても、照れながら「今度、一緒に食事でもしませんか」と、きちんと誘われたことなんか、ない。

何かの集まりで偶然会って、気が合ってしゃべり、別れるときには次に会う日を決めていた。それも、映画を見に行くとかコンサートに行くとか、たいがいは一致した趣味による目的が先行した。ただ、二人で会うことだけが目的で誘われたことは、ないのだ。戸惑い、混乱して返事をためらっていると、中谷が先んじた。

「ああ、そうか。田之倉さん、誰か付き合ってる人、いるんですね」

「いいえ!」

なんて、胸を張ってキッパリ答えることか。

「その、今は、特には……」と、付け加えるのだから、恋愛アレルギーでも女の見栄《みえ》は健在とみえる。

「じゃあ、オーケーしていただけますか」

あくまで礼儀正しいな。百戦錬磨的余裕が感じられる。

実体験の場数は踏んでなくても、人の話は山ほど聞いている。そこから導かれた「女馴《おんなな》れしたモテ男」パターンをあてはめつつ、答えた。

「ええ。わたしのほうは構いません」

なんちゅう言い方だ。「喜んで」とか「もちろん」とか、いやいや、ここは最上級の笑顔で頷《うなず》くのが一番いい。でもでも、最上級の笑顔って、どんなんだ? 今だって、緊張で頰が引きつってる。中谷のほうには、例のえくぼが出ているというのに。経験不足で差がついた。

「じゃあ、そうだな。木曜日の夜でいいですか。僕は木曜が都合がいいんで」

「あ、はい。大丈夫です」

「何か、ご希望はありますか」

「いえ、別に」

「じゃあ、僕が適当に決めて、いいですか」

「はい」

もう、何も考えられません。喜世美は内心のパニック状態を悟られないよう、営業笑顔で淡々と応対した。これは職場体験で獲得した社会的擬態だ。年はとるものである。少なくとも、表面を取りつくろうことには長《た》けてくる。

それではと中谷が去ったあと、喜世美は床にへたりこんだ。

何やってんだ。デートに誘われたくらいで、腰抜かすとは。情けないにもほどがある。自分を叱《しか》ってみるが、混乱は収拾の兆しを見せない。

目的はなんだ？　セックスか。そうかも。そうだね。わたしはこの店では一番大人の女だし、シングルだし、さばけてるように見えるし（と思う）、肉体関係に持ち込むのに一番手頃だと思われたかも。

だったら、それでもいいんじゃない？　大人なんだ。性欲だって、ある。相手に不足はない。だけど、寝た相手と店内で顔つき合わせるの、気まずいなあ。セックスを職場に持ち込むのは、喜世美の性格に合わない。第一、中谷のことを好きかどうか、わからないのだ。

いや、こうして、誘われてパニック状態というのが、惹《ひ》かれている証拠ではないか。好きなのか？　これって、恋か？

うっそー!!

そう思った途端、ぷっと吹き出した。べたりと床にお尻《しり》をつけ、天井を向いて大口開けて笑ったら、ようやくリラックスできた。

中谷はセックス目的で喜世美を誘っている。誘うときの馴れた感じからすると、いろんな所でこういうことをやっていると思われる。ガールフレンドは星の数ってやつ。その一人に加えられたからといって、こっちも本気でなければ、プライドが傷つくことはない。

ただの友達。ゴタゴタ、ドロドロせず、楽しくお付き合いできれば、それでいいじゃない。すべてのデートが恋愛に結びつくわけじゃなし。

「ま、出たとこ勝負。そのとき次第ってことで」

蜘蛛《くも》の巣ほども予防線を張り巡らせて、ようやく喜世美は立ち上がり、仕事を続けた。

4

中谷が選んだのは、カウンター割烹《かっぽう》だった。板さんが全員丸坊主というところが怖いが、髪の毛が料理に混じる心配はない。

本当の料理人は髪を伸ばしてはいないものだと、中谷が説明した。カウンター内の花板さんに聞こえるようにほめる。常連らしい。

「先生、食べ歩き、お好きなんですか」

「ええ。一人暮らしなもんで、まともな食生活ができないんですよ。コンビニ弁当やカップ麵《めん》ですませるのが続くと、わびしくなってきてね。作りたてのおいしいものを食べたい。おいしいものを食べるってことが、生きる喜びだと思うんですよ。健康な証拠だしね」

「料理上手な奥さん、もらえばいいのに」

「そうですねえ。料理上手で気立てがよくて、頭がよくて、そのうえ稼ぎのいい女の人、いませんかね」

「いません」

即答したら、中谷が大笑いした。

「そうですよね」

「たいがいの女は、料理は手抜きで、自己中心で、頭も悪くて、稼ぎもないですよ」

「男もそうですよ」

「だから、こちらみたいなおいしい料理屋さんが必要なんですね」

喜世美のお世辞に、坊主頭の花板は聞こえないふりでうつむき、包丁をふるった。が、その口元がほころぶのを喜世美はしっかり観察した。というより、厨房《ちゆうぼう》に目をやっているほうが楽だったというのが真相だ。

しかし、会話はうまくこなしている。恋愛下手でも、胸が一杯で何も言えなくなる、なんてことはない。

よくやってるじゃん、わたし。喜世美は事態に対処している自分に安心した。誘われた衝撃で腰を抜かしたりしたから、もしかしたら、ドキドキして何も言えなくなり、食べ物も喉《のど》を通らず、それどころか緊張のあまり吐くかも、と、そんなことまで心配したのだ。

なんでだ。たかがデートじゃないか。しかし、相手は職場のアイドルである。加賀美由樹は恋心を周囲に発表しているし、佐野のように気を回す者もいる。

そこまで考えると、喜世美はプレッシャーを感じた。誘われたから来たけど、こんなことして、いいんだろうか。

バレたら、どうする。社員同士の恋愛沙汰《ざた》ならよくあることだが、嘱託医は社員ではない。先生と呼ばれる存在はやはり、特別扱いだ。今までも、なんとなく見下《みくだ》されている感じがあったし、こちらとしても敬して遠ざけるという雰囲気があった。

なんで、こんなことになっているんだろう。中谷はラブ・ハンターだ、セックス目的で誘ってるんだと勝手に結論を出したが、自分が彼を発情させたとは、とても思えない。

結局、義理ある人との付き合い会食みたいに、表面上はうまく受け流しながら、内心は疑心暗鬼と闘うというダブル・スタンダード状態で過ごしたのだった。あー、疲れる。

店での支払いは中谷が済ませたが、外に出てから喜世美は割り勘を主張した。

「おごっていただく理由がないです」

「でも、僕が誘ったんだから」

「そうですけど」

「気になるなら、お返ししてください」

「え」

「今度は田之倉さんが、何かご馳走《ちそう》してください」

え、そんな。瞬間、経済観念が先走る。男におごる金はない。しかし、おごられっぱなしをよしとしないなら、致し方ない。喜世美はかろうじて、笑顔を作った。

「はい。いいですよ」

「いつにしますか」

素早いなあ。この男はどうやら、口説きに本腰を入れる気らしい。でも、こっちに受け入れ態勢はできてないのだよ。

「あの、まだ給料日前なんで、財布に余裕が」

「スタバのコーヒーでいいですよ」

「あ、なら、いつでも」

「じゃあ、連絡とれるように携帯の番号とアドレス、教えてください」

「え」

またしても、え、である。中谷が吹き出した。

「田之倉さん、いちいち迷いますね。こういうの、迷惑ですか」

「いえ、その、ちょっとピンと来なくて」

「ピンと来ないって、僕が、ですか」

「いえ、先生はいいんです。素敵ですよ」

つるっと出た本音まじりの言い訳に、喜世美は焦った。

携帯の番号なんか教えあったら、もろにお付き合いの始まりじゃないか。いいのか。いや、なんで、怖じ気《おけ》づくんだ。だって、そりゃ、こんな上物、わたし史上初だし。こんな具合に、自分の中の突っ込み合いが激しい。

「先生、ファンが多いの、ご存じですか。加賀美さんっていますでしょ。小首傾《かし》げてしゃべる、可愛《かわい》らしい」

「ああ」

「彼女が特に熱上げてまして、もう、はたで見てても可哀想《かわいそう》なくらいで」

なんで、こんな心にもないこと、言ってるんだ。

「ですから、つまり、先生はモテるタイプなわけで、そういう人とわたしって、何か、
こう」

「僕はモテてなんかいませんよ。それほど、いい男じゃないし。医大時代のあだ名は、
のび太でした」

「そんなこと。のび太より一・五倍は上です」

「一・五倍ですか」

中谷は肩を揺らして、クスクス笑った。

「いえ、その」

すごくハンサムじゃないですもんね。でも、そこがいいんです。女を安心させるタイ
プ。好感度抜群。でも、その抜群ぶりに、腰が引ける……。

「田之倉さんは面白い人だなあ」

喜世美は眉を八の字にして、エヘエヘ笑った。

男に「面白い」と言われたら、恋の可能性はない。女は面白い男に惚《ほ》れるが、男は違う――と、雑誌に書いてあった。

そんなことを頭に浮かべながら、喜世美はなりゆきに任せて、中谷と携帯番号を交換した。

それから、二週間ほどの間に三回コーヒーを飲み、一回食事をした。場所は自家製薫製が自慢のスペイン風バールで、そこも中谷の顔なじみだった。

隠れ家レストランをたくさん知っているなんて、ちょっとキザ。しかし、そんなかすかな反感は、近視矯正や白内障の治療で目にメスを入れる手術のありさまとか、大学病院教授会の派閥争いくらいしか話題がない中谷の退屈さで解消された。医者なら、やたら多芸多趣味より、仕事の世界しか知らないくらいのほうが信用できて、好ましい。

好ましい、ねえ。そのあたりだと、まだ、安全なんだよね。だけどさあ……。

中谷と付き合うようになってから、漠然とすっきりしない状態が続いている。

向かい合っているとき、ときどき彼のえくぼに見とれている自分がいるのだ。それに気付くと、喜世美はあわてる。何やってんだと、自分を叱る。叱ったあとで、なんでそこまでかたくなになるんだと、今度は自分で自分に逆襲する。

なんなんだ、これは。恋愛かしら？　恋愛って、こんなんだっけ？

本人はさっぱりわからないのに、周囲は敏感だ。

仕事を終え、ビルの外で立ち止まって携帯メールをチェックしていたら、加賀美由樹が寄ってきた。

「中谷先生からですか」

いきなりささやかれ、驚いて見ると、チンチラ猫のようにくっきりアイラインの入った目を見開き、念入りに塗った唇をきゅっと上げて形だけの笑みを作った。

「違うわよ」

本当に違ったのだが、つい、携帯を隠すように片手の中に握り込んだ。見透かすような薄笑いを浮かべ、由樹はさらにささやいた。

「わたし、中谷先生とのこと、応援してるんですよ」

喜世美は苦笑してみせた。

「そりゃ、先生とは一緒にコーヒー飲んだりしてるけど、応援してもらわなきゃいけないようなこと、何もないわよ」

由樹は笑みを崩さず、ズドンと言った。

「わたし、中谷先生のこと、好きでした。でも、身を引きます。田之倉さんに譲ります」

「だからねえ。それは考え過ぎです」

「それでも、譲ります。わけがあるから」

それだけ言って、由樹は口をつぐんだ。じっと、喜世美の反応をうかがっている。無視したいが、わけって、なんだ。意味ありげな由樹のリードに惑わされるぶん、余計にむかついた。

「加賀美さん、そんな持って回った言い方、しないでくれる。しかも、こんな道端で。はっきり言って、不愉快よ」

「ごめんなさーい。そんなつもりじゃないんです」

両手を合わせて、すまなそうな顔をする。さっきまでの生意気で底意地の悪い視線が嘘《うそ》のように消えた。店でお馴染み、甘えて許させるわざの登場だ。

「わたし、田之倉さんのことが好きだから、中谷先生とうまくいってほしいんです。だから、先生のことで、多分、田之倉さんが知らないことをお話ししておいたほうがいいと思ったんです。でも、うまく言えなくて。やっぱり、ちょっと、言いにくいっていうか。日頃、それほど親しくないでしょう、わたしたち」

低姿勢に加えて、喜世美が知らない中谷の情報を教えるという。これを突っぱねられるほど、喜世美は強くない。スタッフとの関係が悪くなるのもなんだしなと自分に言い訳をし、精一杯迷惑そうな顔で由樹の誘いを呑《の》んだ。

由樹が選んだのは手軽なカフェではなく、重厚なティーラウンジだった。客が少なく、ゆったりした大きめのソファが他のテーブルとの距離感をもたらして、いかにも込み入った会話向きだ。

そんな舞台装置でもたらされた情報とは、案の定というべきか、中谷の女性関係だった。

彼は、以前〈クリア・アイズ〉に来ていたツンツン姫と深い関係だったそうだ。由樹はいつのまにか、かつての嘱託医と気脈を通じており、そこから情報を得たという。

「人のゴシップなら、嬉《うれ》しそうにしゃべるんですよ、ああいう人たちって」

そう語る由樹も、相当嬉しそうだ。内緒話は蜜《みつ》の味。

しかし、ツンツン姫は大学病院の教授と何かあるようだ。それでいろいろあって、中谷とは別れたらしいが、別れきれてないというのが周囲の判断。

「別れきれないのは、ツンツン姫がまだ中谷先生に気があるような顔してるからだと思う。そういう女ですよ、あれは」

由樹は鼻の穴をふくらませた。

「中谷先生が田之倉さんを誘ってるのは、彼女への当てつけっていうか、仕返しっていうか、そんな感じじゃないかって、別の先生が」

そんな風にはっきり言われると、傷つく。性格悪いな、この女。不快を苦笑に変えて聞き流したが、由樹は無邪気そうに続けた。

「でも、ツンツン姫と田之倉さん比べたら、断然、田之倉さんのほうがいい。田之倉さん、頑張って、獲《と》っちゃってくださいよ。浮気が本気になるって、よくありますもん。嘱託医と店のスタッフが結ばれたら、いい前例になるし、わたしたちにも励みになるわ」

励みって……。

「でも、わたしたちは別に、そんなんじゃないのよ」

「だって、付き合ってるじゃないですか」

「ただの職場仲間としてよ。男と女だと恋愛関係しかないって決めつけるの、もったいないわよ。人と人のつながりって、もっと幅の広いものだもの」

「そうかしら。ただの仲間だの友達だの、そっち止まりですませるほうがよっぽどもったいないと、わたしは思うわ。だって、中谷先生ですよ」

発情期のメス猫め。

「だったら、あなたが頑張れば。わたしは譲っていただく必要、ないから」

「わたしは、前の彼女に引きずられてるような人、イヤですよ」

由樹はあっさり、言った。ほんと、性格悪いやつ。

「それなのに、わたしには勧めるわけ」

「だって、中谷先生は田之倉さんに気があるんだもの。ツンツン姫とのドロドロから逃れるための手段だとしても、一応は相手を選んでるんだから」

一応って。いちいち、言うことに毒がある。

「はいはい。ご高説、しっかり承りました。でもねえ、本当にわたし、そんな気、ないのよ。期待を裏切って悪いけど」

笑いながら言うと、由樹はまたこっちを見透かすメス猫の目をした。しかし、すぐにクニャリとしなを作った。

「わかりました。わたしの考え過ぎですね。でも、わたし、ほんとに田之倉さんが好きだから、幸せになってほしいと思ったんです。それはわかってくださいね」

「それはどうも、ありがとう」

場所柄に比例した高いお茶代は、喜世美が払った。由樹は当然のような顔で「ごちそうさまでしたあ」と小首を傾げた。

一人になった電車の中で、喜世美は唇を噛《か》みしめた。

加賀美由樹は、中谷が自分ではなく喜世美を選んだ意趣返しに、喜世美を傷つけたかったのではないか。だとしたら、成功だ。

中谷への気持ちがはっきりしていないというのに、前の女との関係を引きずっていると聞くと、平静ではいられない。

自分は本当に、忘れるための道具に利用されているのか。

そうに違いないと、心の底で自分が答える。わたしがあんな上物に、純粋に恋される
わけないもの。

納得して、ふっと笑う。同時に、ものすごい怒りが湧《わ》いてきた。

で、次に中谷から電話がかかったとき、食事の誘いを途中でぶったぎって、言ってや
った。

「先生、どうして、わたしを誘うんですか」

「いけませんか」

中谷の声は、おかしそうな笑いを含んでいる。からかってるんだ。口惜《くや》しい。

「質問に答えてください」

「好きだからですよ」

ケッ。しらっと言えるところが、嘘くさい。

「わたしのどこが?」

「責任もって、テキパキ仕事してる。頭がいい証拠です。僕は利口な人が好きなんです。

それなのに、僕と二人になると、ときどき目が泳いでる。そういうところが、こんな言
い方失礼かもしれませんけど、可愛いです」

あー、脳みそ、かゆい。頭がよくて、しかも可愛い。誰にでも通じる殺し文句だ。それを照れもせず、すらすら口にする。

余裕がありすぎる。真剣じゃないんだ。遊び気分だ。決まり。誘ったのは、自分を振り回すツンツン姫への腹いせだ。こういうのって、店舗スタッフを見下して相手にしないより、たちが悪い。

「聞きましたよ。なんだか、ゴタゴタしている彼女がいるって」

ビンゴ。電話なのに、ムッとした気配が伝わる。痛いところを突いたらしい。

「わたしを誘うの、彼女への当てつけ？」

しばしの沈黙のあと、中谷が低い声で反駁《はんばく》した。

「ひどいこと、言うんだな」

あー、ヤな気分。ちゃんと付き合ってもいないのに、痴話喧嘩《ちわげんか》を仕掛けてしまった。

「ごめんなさい。でも、そんな噂《うわさ》、聞いちゃったんです。もしそうなら、そういうことでわたしを誘うの、やめてほしい」

また、しばらく沈黙が続いた。切るわけにもいかず、喜世美は間を持て余した。恋愛に至ってないのに、別れ話をしている。なんだか、割に合わないことになっちゃったなあ。

「田之倉さんは、そう思ってるんですか」

苦しそうな中谷の問いかけが、ちくんと胸を刺した。

「僕が当てつけで、あなたのことを誘う、そういう男だと思ってるんですか」

「当てつけとは思わないけど、ムシャクシャしてるとき、ふらっとパチンコ屋に入ったりするでしょう。そんな感じの、気を紛らわせるための何かじゃないかと思います」

そんなところなんだろうな。自分で言って、納得した。あらかじめ、そうだとわかっていたら、喜世美ももっと気楽になれたかもしれない。でも、最初に身構えを作ってしまった。男と女は、難しい。

携帯から、フッと笑いの形の息づかいが届いた。

「わかりました。もう、ご迷惑はかけません。失礼します」

儀礼的な挨拶で、通話が切れた。喜世美は黙ってしまった携帯を握りしめ、自分を救うための思いを巡らせた。

頭のいい人が好き。そうなんだろうな。ツンツン姫は見るからに秀才だった。でも、わたしは頭のよさに惚れられても嬉しくない。

彼は誰が見ても好感度抜群で、喜世美も確かに魅力を感じていたが、好きではなかった。だから、会っていても本当に楽しめなかった。これでよかったんだ。下手にずるずる付き合って恋愛もどきにはまりこんだら、きっとツンツン姫とのことで、わたしは苦しむ。恋愛自体が苦手なのに、三角関係だの四角関係だの、そんなのに巻き込まれたくないよ。

喜世美は中谷のことを切り捨てようと心に決めた。しかし、中谷の姿が〈クリア・アイズ〉から消えるほうが早かった。

5

新しい嘱託医は、またしても引退寸前のハゲおやじだった。彼から、中谷は他県の市民病院の眼科に移籍すると聞いた。

この件に関しては、早速、佐野が同情しきりという面持ちで探りにきた。

「ずいぶん急ですね。何か、あったんですか」

「知らないけど、公立の総合病院の眼科なら、うちみたいなところでバイトしてるより、出世コースなんじゃないの」

平静を装ったが、喜世美も実は驚いている。もう、顔も見たくないと言うのか。そこまで怒らせたか。

「そうでしょうけど。加賀美さんが言ってましたよ。前ここに来てた女医さんプラス大学病院の教授と、ややこしいことになってたって。その関係かもしれませんね。あんな爽《さわ》やか系の顔して、人は見かけによらないもんですねえ。田之倉さんを誘ってたのは、彼女への当てつけらしいって」

あのメス猫め。喜世美は内心歯ぎしりしたが、「まあ、そんな色っぽいことに利用されてたなんて、わたしも捨てたもんじゃないわねえ」と、平気な顔を通した。

「捨てたもんどころか、千載一遇のチャンスだったんですよ」

佐野は、どこか嬉しげに残念がった。

「利用するだけなら、誰でもいいわけでしょう。あの常連客や加賀美さんみたいな据《す》え膳《ぜん》があったのに田之倉さんを選んだのは、惹かれるものがあったんですよ。中谷先生、田之倉さんに救いを見たのかもしれないんですよ」

でも、わたしがぶち壊した。喜世美はようやく、自分のしたことを直視した。

僕がそういう男だと、あなたは思ってるんですか——。

あの傷ついた声。わたしは彼の人間性を否定したんだ。喜世美は茫然《ぼうぜん》とした。この素早い対応が、彼の怒りの大きさを示している。

「……でも、もう、すんだことよ」

「田之倉さん、あきらめが早すぎるんじゃないですか。せっかく可能性があるのに、あきらめちゃったら、そこで終わり。ゼロですよ。そんな風にあきらめるほうばっかり選んでたら、女の干物になっちゃいますよ」

佐野のお節介説教を笑って聞き流す余裕は、喜世美にはなかった。悪いことをした。罪悪感がどんどんふくらむ。

耐えきれず「ちょっと、失礼」と店を飛び出し、電話ができそうな所をうろうろ探した。ようやく、公園のベンチに座り込んで、中谷を呼び出した。無視されるかもと危惧《きぐ》したが、中谷はすぐに出た。胸に溢《あふ》れたものを吐き出したくて、喜世美は大急ぎでまくしたてた。

「お忙しいところ、突然、すみません。でも、わたし、先生にひどいことを言いました。それを謝りたくて。それで、あの、本当にごめんなさい」

しばしの沈黙のあと、中谷が静かに言った。

「いや。あれは、かなり当たってます。田之倉さんと一緒に行った食い物屋は二軒とも、彼女の行きつけでもあったんです。だから、あなたと行ったことが彼女の耳に入ることを、どこかで計算してたのかもしれない」

当人の口から言われると、やはりグサリとくる。やっぱり、そうか――。

「じゃ、わたし、謝ることないんですね」

「でも、最初から当てつけを狙ってたわけじゃないです。だから、ああ言われて、つらかった。意識下で彼女への思いがあったことを否定しませんけど、田之倉さんは話しやすかったし、ときどき無性に面白くて、一緒にいるのは楽しかった」

じゃあ、可能性はあったわけだ。なら、追求すべきなのか？　ああ、心が乱れる。こういうの、苦手だ。どうしよう。必死に心の底を探っているのに、中谷が水を差した。

「だからこそ、図星を指されて恥ずかしかった。もう、何もなかったような顔であなたと会うことはできないと思いました」

「……そうですか」

　わたしと会うと、恥をかかされたことを思い出す。それがイヤなのだ。わたしは彼を傷つけ、彼はそれを許せないのだ。

　プライドのお化け。それが医者だと言ったのは鈴枝だったか、翔子だったか。

　そのプライドに、今、切り捨てられた。

「それでは、お忙しいところ、お邪魔しました。お身体に気をつけて、ご活躍ください」

　よろよろと、形ばかりの口上を述べた。

「ありがとう。田之倉さんもお元気で。〈クリア・アイズ〉のみなさんにも、よろしくお伝えください。挨拶なしで申し訳ないです」

「はい。申し伝えます」

　淡々と、きわめて事務的な別れの挨拶。

　この距離は縮められない。デートの間中、これは一体なんなのか、相手は一体どういうつもりなのかと、疑ってばかりいた。

それは、中谷といることへの違和感を拭《ぬぐ》えなかったからだ。中谷の身についた「上から目線」のせいか。喜世美の根深い「絵に描いたようなロマンスなんてウソ」という逆シンデレラ・コンプレックスのせいか。

喜世美は中谷の番号を記録している携帯を見下ろした。

プライドのお化けの一人とはいえ、中谷は今までの医者より数段、感じがよかった。そのことは、喜世美自身が評価していたではないか。でも、ダメ。

えいや！

電話帳から、中谷の番号を消去した。

残念さもあったが、重荷を下ろしたような、ほっとした気持ちもあった。やはり、万人向けの好感度抜群男なんて、喜世美には荷が重すぎる。

そうやって、片っ端から、よさげなご縁をあきらめていくつもり？

女の干物になっちゃいますよ——佐野の言葉がゲップのようにこみあげる。

いいのよ。喜世美は、自分に言った。あきらめたくない何かに出会うまでは、あきらめ上手でやってくわ。

いいや、そうじゃない。別の声が聞こえる。

「あきらめない！」なんて頑張らなくても、凸と凹みたいに自然にフィットするつながりがあるということを、わたしは信じたいんだ。

それこそ、夢物語なんだろうか。

ふと、気付いた。電話帳からデータを消去しても、発信履歴が残っている。可能性があるのに見過ごすのは、怠慢、か。

携帯を握りしめて、考え込む。二十九歳は、悩ましい。

キャント・バイ・ミー・ラブ

1

政府のお役人に賄賂《わいろ》というのはつきもので、三年に一度のわりで大物官僚が逮捕されている。そのとき、週刊誌でけっこう話題になるのが、「おねだり妻」だ。お役人の奥さんというだけで大事にされるらしく、いろいろ買ってもらっている。グラビアページでご丁寧に持ち物検査をしているのを見ると、出てくる出てくる、判で押したように、エルメスのバッグ、フェラガモの靴、カルティエの時計、ディオールのスーツ、シャネルのアクセサリー。

ｍｏｇは、ああいうのを見ると、ブランドってなんだろうと思う。

女王さまでも、おねだり妻でも、マフィアの愛人でも、ブランド側としては同じ客なわけで、どんな汚い金だろうが、もらえば売るんだよね。そんなんで、うちは格が違うなんて威張られてもねえ。

でも、ランチメイトのＳさんは、ブランドというのは昔から、他人を食い物にして大《おお》儲《もう》けした成金があぶく銭で買いあさることで、でかくなっていったのだと言う。

人間は見た目が九割どころか、すべてだ。セレブは、セレブであることを見た目で証明しなければならない。しなくたっていいのだが、せずにはいられない。だって、セレブなんだもん。というわけで、ブランドものはセレブの証明書みたいなもの、なんだってさ。Sさんは、そう言うのだ。

いや、もちろん、名前が欲しいんじゃない、自分はエルメスのデザインが好きだから買うのよという人だって、いるだろう。でも、おねだり妻のブランドまみれには「ホッホッホ。わたしもついに、こういう身分になったのよ。ざまあごらんなさい」みたいな大はしゃぎが感じられて、なんか、みっともない気がするんだよね。似合ってるとも思えないし。

でも、ブランドさんのほうは「奥さま、よくお似合いですわ」くらい言うんだろうなあ。身につける人の品格なんて、関係ないんだよね。商品はあくまで、お金と引き替え。だったら、ブランドが売ってるのは、商品に上乗せされた「名誉」という幻想なわけじゃん。

虚栄心につけこむ商売上手なんだよね、結局――。


と、ブログ『ｍｏｇの一人で生きちゃダメですか日記』でブランド批判をした翔子だが、実は、女三人のランチタイム・トークでこれと同じことを言ったとき、田之倉喜世美に痛いところを突かれた。

「翔子ちゃん、ブランドショップでバカにされたこと、あるんじゃない？」

「デパートに出店してるショップのバーゲン、のぞいただけですよ」

翔子は唇をとがらせたが、店員にサササッとレーザービームのような視線でチェックされた挙げ句、透明人間のように無視されて、ムカついたのは確かだ。

なによ。見た目で人のこと判断してさ。

腹が立ったが、見た目と内容はシンクロしており、たとえバーゲン価格でも、翔子にその店のセーター一枚買う金がないのは事実だ。そして、買えない人間なんか、店にとってはいないも同然なのは理の当然。

口惜《くや》しさが裏返ったブランド批判だが、翔子にも意地はある。指された図星をスルーするため、おねだり妻に話題を戻した。

「それにしても、亭主のおかげで賄賂が入ってくるようになったら、途端にブランド三昧《ざんまい》なんて、悲しくないですか。いかにも、虚飾って感じ」

ブランドショップで無視された不快感を倫理観でカバーして、文句をつけた。すると、鈴枝が「おねだりするなら、ブランドものでしょうよ」。

当たり前じゃないといわんばかりに決めつけて、ブランド＝セレブ証明書説を開陳したのだった。

「大体、賄賂で生活費まかなうなんて、情けないじゃない」

「噂《うわさ》のおねだり妻は、生活費も賄賂でまかなってたらしいわよ」

田之倉喜世美が口を挟んだ。

「てことは、旦那《だんな》のサラリーは全額貯金か。しっかりしてるねえ。あぶく銭ならネットの株取引にハマって大損こくとか、ホストに入れあげるとかして使い果たしてもらいたいわねえ。でないと、悪銭身につかずっていうことわざが使えないじゃない。モラル崩壊よ」

鈴枝は顔をしかめ、ブロッコリーをぱくりと頬張《ほおば》った。

「おねだり妻の旦那は収賄で捕まるんだから、悪銭身につかずは平成の世でも立派に証明されたじゃない。めでたいねえ」

喜世美が茶々を入れたあとで、付け加えた。

「でも、あぶく銭が入ってきたら、わたしだってエルメス買うよ」

「そりゃ、そうよ。悪銭身につかず式のことわざは、悪銭に恵まれない庶民をなだめるためにあるんだから。ま、わたしがおねだり妻なら、とりあえずマンションのローン肩代わりしてもらうな」

鈴枝の言葉に喜世美が突っ込む。

「生活費に回すの情けないって、どの口が言った？」

「現実の厳しさに妄想力がついていけないのよ」

「翔子ちゃんなら、どうする？」

喜世美に訊《き》かれて、翔子は「あぶく銭の使い方ですか。やー、わかんないな。旅行かな。すいません。わたしも妄想力なくて」。

とは言ったが、もしそうなったら、ブランドショップに行ってドカドカ買い物して、あの店員を見下《みくだ》してやる！——と、妄想した。

その程度である。そして、思った。おねだり妻も、もしかしたら人に見せびらかされて、羨《うらや》ましさと恨めしさを募らせていたのかも。それで、急に懐具合が豊かになったところで、ブランドまみれになった。欲しいのは、品物ではない。優越感だ。

翔子がブランドものに反感を抱くのは、それが優越感を得るための道具にしか見えないからだ。

それでいながら、あぶく銭が入るような身の上になったらどうするかと質問を振られて、ブランドショップでリベンジすることを真っ先に思い浮かべた。

人間、しょせんは優越感の奴隷なんでしょうか。で、お金を持つと、優越感方面が暴走する。

お金って、怖い。でも、お金は欲しい。お金のことを考えると、気持ちがヨロヨロしてくるなあ。

ランチタイム・トーク後に翔子の心に残ったのは、そんな漠然とした「金」なるものへの感慨だ。

本来、翔子は金銭にうといほうだ。あまりお付き合いがなく、懐に長く滞在してくれるほど親しくないので、うとくならざるを得ない。

ところが、最近、プチ成金男との接近遭遇があり、かつ、珍しいことに言い寄られているみたいなのだ。

言い寄られている、みたい、というのが、なんとも微妙だが、言い寄られる経験自体ほとんどなかったから、翔子は困っている。

あれって、言い寄られてるのかなあ。言い寄られてるっていう表現も古いけど、迫られてるとか、誘惑されてるとか、単に誘われてるとかいうより、言い寄られてるって感じなんだよね。

2

翔子が通ったコンピュータの専門学校には、ソフト開発やＩＴビジネスの講座もあった。翔子は技術屋として仕事ができればいいと考えていたから、二年コースで卒業した。

園田賢太郎《そのだけんたろう》は大学教授も講師に名を連ねる四年コースで、ビジネスを学んでいた。そこから本当に起業して成功するものは稀《まれ》だが、園田は頑張った。今や〈フィット・オン・ネット〉なる、オンラインビジネスを素人に指南する会社の取締役である。

とはいえ、一人で起業したのではない。東大やら慶応やらのお墨付き秀才とネット上の付き合いから親しくなり、彼らの事業に参加したのだそうだ。

人心を荒廃させる元凶と糾弾されても、誰の心にも潜む自己主張欲を手軽に解放させられるブログというシステムは、じいさんばあさんにまで浸透し始めている。

園田の会社は、いまのように流行《はや》りだす前から、どうせブログをやるならバナー広告を出すアフィリエイトで軽く儲けましょうとささやくネット広告代理店からスタートし、ヒット企画にはすかさず乗っかる抜け目なさで携帯サイトの運営にまで手を広げて、けっこう儲かっているらしい。

園田とほぼ六年ぶりの再会を果たしたのは、会社で二日続けて徹夜して、ようやく朝イチの納期に間に合わせた日の午後だった。社内のソファでばったり倒れ、ランチも食べずに二時まで寝た。それから、帰宅するためフラフラと一階ロビーに降りたところで、「二宮」と声をかけられた。

ぼーっと振り返ると、ぱりっとしたスーツにしゃれたビジネスバッグを提げた園田が、翔子を指差してゲラゲラ笑った。

「おまえ、ちっとも変わらねえな。なんだよ、その格好」

「あんたこそ、何よ。その格好」と、不機嫌に言い返せたのは、専門学校時代からの習慣があるからだ。

当時から「俺《おれ》は第二の孫正義《そんまさよし》になるから、おまえら、まとめて雇ってやるぜ」が口癖の園田は、学内でも有名なお調子者だった。

翔子だけでなく、みんな、園田の大口叩《おおぐちたた》きにいちいちやり返していた。いじられやすいキャラクターというのだろうか。見栄《みえ》っ張《ば》りの大ボラ吹きと反感を買いもしたが、無邪気な明るさであたりを照らすようなところがあり、いないと妙な寂しさを感じさせる。

ああいうタイプはけっこうまともなサラリーマンに収まって、社内結婚して、子煩悩な父親になるんだろうなと、みんなで軽く見ていたが、なんと園田は「さしずめプチ孫正義ってところかな」くらいには成功して、口だけではないことを証明している。渡された名刺にあるオフィスの住所は、一等地にある新しい複合ビルだ。しかも、二十八歳の若さで取締役の肩書き。

「へぇ、頑張ったんだ。エライね」

翔子が率直にほめると、園田は得意げに鼻の穴をふくらませながらも、一応肩をすくめて謙遜《けんそん》のポーズをとった。

「ま、この業界、二十代で社長がゴロゴロいるけどな」

「IT長者ってやつ？」

「その言葉、もう死語だぜ。ビジネスの主戦場はネット上に移行してるからな」

「ふぅん」

「ふぅんって、二宮だってネットの仕事で稼いでるんだろ――って、まあ、稼いでるって格好じゃないな」

髪はボサボサ。石鹸《せっけん》で洗った化粧なしの素顔、着古したトレーナーとゆるゆるパンツ。いつもの作業着だ。寝巻きでもある。

「小学生だって、もちっときれいにしてるぞ」

「きれいになんか、してられない。下請けのワーキング・プアだもん」

「そうか。そうだろうな。そういうもんだよ。階級って、あるよな。この世には、金持ちと貧乏人の二種類しかいない。昔っから、そうだ」

園田はひとりで納得し、ニヤニヤした。

「じゃあ、飯おごってやるよ」

「いいよ」

「そう言うなよ。せっかく、会えたんじゃないか。おまえ、あそこ知ってるか」

と、有名なビストロの名前をあげた。

聞いたことはある。予約がないと入れない。そして、その予約も三カ月先まで一杯だと雑誌に書いてあった。園田はそこに顔がきくのだと自慢した。

「連れてってやるよ」

「いいよ、そんなとこ」

「なんでだよ」

「セレブ気取りの場所って、嫌いだから」

「そういうの、行けないやつのひがみじゃないの」

翔子はムッとした。

「ひがんでなんか、ないよ。ほんとに興味ない」

「わーったよ。怒るなよ。おまえの行きつけでいいからさ。飯食おうよ。久しぶりじゃないか。話そうよ」

「何、話すの」

「冷たいねえ。世間話だよ。いいだろ。おまえ、俺のこと、嫌い？」

「嫌いじゃないけど、好きでもない」

「なら、いいじゃん。なんとも思ってないってことだろ。一回くらい付き合えよ。同窓生のよしみでさ」

生まれつき人付き合いが悪く、一人でいるのが好きな翔子は、ソリの合わない人間を断固としてよけて通る道を歩んできた。

「俺が」「わたしは」と自分話を押しつけてくる人種は、とくに嫌いだ。それなのに、靴の底に貼《は》り付いたガムみたいな園田の粘りには負けた。なぜだろう。成功している人間が物珍しいせいかもしれない。翔子にだって、好奇心はある。

で、ごく普通のイタリアン・レストランに行った。そして、案の定、自慢話を聞かされた。

事業で成功すると、付き合いが広がる。ビジネス関係の勉強会やら親睦会《しんぼくかい》と称する会合へのお誘いがかかるのだ。

何かいいことがあるかもしれないから、とりあえず出かけていく。すると、集まる連中の大半が、大物政治家や経団連理事などのビッグネームと懇意であることをちらつかせつつ、こっちの実力を探りに来る。

業種が違っても、トップを目指して進んでいけば、利益の一致するフィールドが現れる。金の流れは川のように、たくさんの支流がすべて一本の大河に流れ込むようにできているのだ。

「ま、銀行筋とかそのへんが鍵《かぎ》を握ってるんだけどね。俺らみたいな、これからどんどん行くぞって会社は、人脈作りが大事なんだ」

そういう付き合いは自然とセレブ方面にふくらみ、有名なクラブやレストランに出入りするようになる。すると、そこには女子アナやモデルやタレントがいて、誘うと簡単に応じるのだそうだ。

「アルマーニ着て、フランク・ミュラーの時計して、ランボルギーニのキー見せびらかすだけで気を許すんだよ、ああいう女たちって。もっとも、すげえリッチなシチュエーションじゃなきゃ、うんって言わないけどな。有名人の誕生日パーティーとか、ハリウッドスターが顔出すレッドカーペット付き試写会とかさ」

「園田、そういうところに行ってるの」

「だから、人脈なんだよ。でっかいイベントにはスポンサーがいるからさ。そっちの知り合いの知り合いとか動かすと、招待券くれるんだよ」

証拠として、携帯の中に収めてある女優や元メジャーリーガーとのツーショット写真を見せられた。

でもなあ。有名人って、誰彼構わずニッコリ笑って写真撮らせてあげるのも仕事みたいなものじゃない。こんなの「友達」の証明にならないよ。翔子はそう思ったが、口には出さなかった。ただ「ふぅん」ですませて、興味がないことを示すのが精一杯の抵抗だ。

こういう見せびらかしは、嫌いだ。園田が卑しく見える。虎《とら》の威を借る狐《きつね》だ。どうせなら、狐じゃなく虎のほうになれと思う。

こんな話が続いたら、翔子は二度と園田に会おうとは思わなかったはずだ。しかし、それらに興味を示さない翔子の態度に気がゆるんだのか、園田が携帯をぱちんと閉じてこう言った。

「でも、俺さ、最初はテレビに出てるようなきれいどころとデートして、いい気になってたけど、この頃、飽きてきた」

「ふぅん」

「そういう女たちって、俺のこと、見てねえの。調子合わせるの、うめえんだよ。でも、目がキョロキョロしてて、どこに誰が誰と座ってるか、誰が入ってくるか、チェックしてやがんだよ。で、こっちが話してる途中でもパッと立って、手ぇ振って、大きな声で名前呼んでさ。なんで電話くれないの、ずっと待ってるのにぃ、かなんか言うんだぜ。あー、この女はいっつも、俺と誰かを天秤《てんびん》にかけてるんだと思ってガックリ来るぜ。こいつが見てるのは、俺の財布だけだって」

「だって、それを見せびらかして釣ったんでしょ。だったら、仕方ないじゃない」

「そうなんだけどさ」

園田はさらに言った。

上玉は、園田程度じゃ転ばない。億単位の金を自由にしている大金持ちを狙《ねら》っているから。それを見せつけられると、すごく口惜しいし、傷つく。世の中、まともな女はいないのか!?

「そんなのばっかじゃないでしょう。お金で価値を計らない人だっているでしょう」

「いないよ」

園田は、すねたように唇をとがらせた。

「金持ちの世界は、金がすべてだ」

「貧乏人の世界だって、金がすべてだよ」

「そうだけどさ。さっき、平気でしょぼい格好で歩いてる二宮見たとき、なんか、嬉《うれ》しかったんだよ。すごく自由な感じでさ。人目なんか、気にしてないだろ」

「してない」

それどころか「もうちょっと、気にしろ」と、家族や友達に説教されている。ランチメイトの喜世美や鈴枝は「翔子ちゃんは、そのまんまでいい」と言ってくれるが。

人目を気にする神経が備わっているかいないかは、生まれつき決まっているのではないか。大人を相手にするとき、笑顔で妙にしっかりした受け答えができる子供というのはちゃんといて、みんなにほめられ、いつも光の当たる位置にいた。翔子にしてみれば「あんなこと、よくできる」とあきれるばかりの如才なさ。あれは確かに、才能だ。

翔子はできるだけ、無駄に人と関《かか》わらずにすむ生き方を選んできた。人付き合いが苦手ではあるが、他人にどう思われるかを気にしなければ、世間を恐怖して引きこもる、なんてことにはならない。社会性に乏しく、生活範囲が非常に狭くて、自分の殻に閉じこもっているといえばそうだが、暗い穴の中で悶々《もんもん》としているわけではない。

翔子が販売データ処理を担当しているクライアントは、年商が一千万を超えるか超えないか程度の小さな会社ばかりだ。でも、売り上げがじりじり上がっていくのを見ると、身内のことみたいに嬉しい。世界が動いているのを、実感できる。業務量が多いのに給料は安くて、社長のしぶちんが恨めしいが、仕事自体はイヤじゃない。

だから、翔子は彼女なりに明るく生きている。ブログと猫のキョロがいつも待っている小さいアパートで、人生を楽しんでるよ。見るからにキラキラしてないだけだ。

「園田、人目を気にしてるの」

「てか、なんかさ、成功してるやつとか、できるやつって、本能的に人のことを値踏みするんだよ。何着てるか、何しゃべるか、どれだけのことを知ってるか、心身共にタフか。いつも元気でぱりっとしてないと、大きな仕事をやれるやつだって風に見てもらえないんだ。俺、近頃、つくづく総理大臣のつらさがわかるようになったよ」

「そんな、おおげさな」

たかだかベンチャー企業の管理職程度で、そこまで言うか。ケラケラ笑うと、園田も照れ笑いを浮かべながら「でも、同じなんだぜ。おまえには、わからないだろうけど」と言った。

「だけどさ、好きで、そういう世界にいるわけでしょう」

「まあな」

「じゃ、仕方ないじゃん」

「そうなんだけどさ」

テーブルに頬杖《ほおづえ》をついた園田は、翔子を斜めに見上げてニッコリした。

「こんな風に愚痴こぼしたの、久しぶりだ。おまえ、話しやすいな」

「同窓生だからじゃない。利害関係ないし」

「だな」

園田は愉快そうに笑った。そのとき、携帯がブーブーうなった。実はさっきから着信していたのだが、園田はちらりと見ただけで無視していたのだ。しかし、度重なって、ついにとった。そして、早口で応答をし、切ったときには右手でレシートをつかんで腰を浮かせていた。

「ごめん。呼び出し、かかった。ほんとはどっかで、一杯やりたかったけど」

「いいよ。わたしも明日があるから」

「楽しかった。また、付き合ってよ」

「いいけど」

「ほんと？　やったあ」

その子供っぽい言葉は、さすがに小声で放たれた。翔子は思わず、くすっと吹いた。

それを見て、園田は嬉しそうな笑顔を広げた。

それから先、園田から頻繁に呼び出しがかかる。翔子はおおむね暇だから、大体付き合う。回ってない寿司《すし》だの、分厚くてきれいな霜降りの神戸牛ステーキだの、新鮮な蟹《かに》まるごとだの、テーブルまで黒服のウエイターがワゴンで物々しく運んでくる本格中華海鮮コースだの、生まれて初めて食べる美味に引き寄せられるのだ。

そのうち、園田が妙なことを言い出した。

「おまえさあ、磨けば光ると思うんだよ。だから、俺が払うから、もうちょっとなんとかしないか」

最近話題の、中東料理レストランで向かい合っているときだった。思わぬ申し出に頰張ったばかりのクスクスを噴き出しそうになって、翔子は目を白黒させた。

「なんとかって、どういう意味よ」

「だから、エステ行ってお肌磨いてちゃんとメイクして、美容院行ってまともなヘアスタイルにして、服も靴もばりばりの、エミリオ・プッチとかグッチとかにしてさ」

「そんなの、似合わないって」

翔子はミント茶で胸を落ち着かせ、右手を振った。

『マイ・フェア・レディ』のオードリー・ヘプバーンも、『プリティ・ウーマン』のジュリア・ロバーツも、もとが超美形だ（女優だから当たり前だけど）。趣味の悪い装いをいいものに変えたら、たちまちレディの出来上がりになっても不思議はない。でも、翔子は変身のしようがない。ブランドものの服が似合うとは思えない。雰囲気が違うのだ。

第一、園田がそんなことを言い出した理由がわからない。

「なんで、そんなこと言うの」

「だって、それは」

園田は唇をとがらせて、口ごもった。

「やっぱ、金かければ、きれいになると思うからさ。きれいになってもらいたいもん」

「きれいになんか、ならないよ。もともと、きれいじゃないんだから」

「なるよ。おまえ、可愛《かわい》いもん」

ヒヤー、そんなこと、初めて言われた。くすぐったいけど、嬉しいもんだな。親だって、身なりに無頓着《むとんちゃく》な翔子を「女の子らしさがない」「可愛くない」と責めるのに。

翔子はどうしようもなく、にやけた。園田はそのデレデレぶりを見て、身を乗り出した。

「な。やってみろよ。一日付き合うからさ」

「園田がエステに付き合うの」

「終わった頃、電話してくれたら、迎えに行く。で、俺が支払う」

「えー」

その場を想像すると、なぜか恥ずかしい。エステの料金を男が払うなんて。

「『プリティ・ウーマン』のリチャード・ギアは、クレジットカード渡してたよ」

「そんな危ないこと、できるかよ」

「なんで危ないのよ。わたしが不正使用すると思ってるの」

「そうじゃないけどさ」

園田はしかし、意地悪い目つきになり、唇をひん曲げてニヤリと笑った。

「でも、おまえ、ちょっとはその気になったんだな」

翔子は黙った。見透かされて、ギョッとしたのだ。その気になった。ほんとだ。ヤだ。

わたしがそんなこと、考えるなんて。

ちょっと落ち込んだ。ジュリア・ロバーツみたいに変身できると思ったわけ？

翔子の煩悶《はんもん》を楽しむように、園田はテーブルごしに顔を寄せ、ささやいた。

「クレジットカード渡したら、やるか？」

悪魔の誘惑って、これかな。

瞬間、翔子はそんな風に感じた。金もらえるんなら、なんでもやるか？　言うこと、聞くか？

「やらないよ、そんなこと」

不機嫌に会話を閉じた。そして、食事が終わった後、素早くレシートを引き寄せて、金額を確かめた。高いけど、払えない額じゃない。いつも持っているヨレヨレのリュックをひっつかみ、中を探った。エスニックな織物のリュックは可愛いが、内ポケットがないので、収容物がかき混ぜられてカオスになってしまう。ようやく財布を取り出し、当てつけがましく札を数えていると、園田が下手に出た。

「なあ、怒ったのか」

「怒ってないよ」

「じゃあ、飯代くらい、持たせろよ。俺のほうが稼いでるのに、ワーキング・プアの友達におごらないなんて、カッコ悪いだろ」

そりゃ、理屈だ。翔子は頷《うなず》いて、財布をカオスに落とし込んだ。

「また、飯食おうな。それぐらいなら、いいだろ」

珍しく、真面目《まじめ》な面持ちだ。翔子は自分の子供っぽい態度が決まり悪くなった。どうして、金をちらつかせて屈服させられそうになった、なんて思い込んだのだろう。過剰反応だ。恥ずかしい。

「……うん」

間の悪い返事をすると、園田はすぐにいつもの調子を取り戻し、「しかし、そのリュックはなんとかならねえか。いい大人が持つもんじゃねえぞ」と笑った。

そして、その次に会ったときに、無造作にプラダのショップバッグを差し出した。

「誕生日プレゼントだ」

「誕生日、まだだよ」

「だから、先渡し」

園田は、照れくさそうに言い訳した。

もっと手馴《てな》れた物腰でスマートに渡されたら、多分、受け取らなかっただろう。園田のぎごちなさが、翔子のガードをゆるくした。

中身は定番の黒のシンプルなトートだった。翔子は「ありがとう」と小声で言った。嬉しかった。欲しかったからだ。

3

しかし、このことは翔子に消化しきれない引っかかりを残した。

食事なら、平気でおごってもらっている。ところが、服とかバッグとかをプレゼントされると、引き替えに何かを求められているような気になる。

おごられ飯《めし》と、もののプレゼントの間には、何かの線引きがあるのじゃないか。それが、男女関係の暗黙の了解なのでは？

「？」付きで自問自答なんかしちゃうのは、こんな気前のいい男と付き合ったことがないせいだけど。

はて、自分たちは付き合ってるのかな。園田は、自分とやりたいのか？　あるいは、ちゃんとした恋愛関係になりたいのか？

まさかねえ。でも、やりたいだけとも思えないなあ。

翔子は、自分が男をそそるタイプではないと自覚している。ストーカー殺人の被害者は、例外なく美人だ。男の妄想と欲望は、ひたすら外見でかき立てられるのだ。

翔子は、園田の気持ちがわからない。それで「友達に相談された」という形で、金を出すからエステに行ったり、いいものを身につけて、ゴージャスな女になれと言われた戸惑いをブログに書いた。すると、コブ茶から、こんなコメントが来た。

《ぱっとしない女を自分の手で磨き上げる『マイ・フェア・レディ』願望というのは、すべての男の中にあると聞いたことがあります。

そんな金のないコブ茶には理解しかねますが、好きな人に何かしてあげたいというのは、わかる。だから、金持ちだったら、やるかな。いや、コブ茶はその前に自分のDVDライブラリーに注ぎ込んでしまうな。これだから、モテないんでしょうけど。

mogさんも好きなスティーヴ・マーティンも、彼の初めての小説を映画化した『ショップガール』で、デパートの手袋売り場の若い売り子に贅沢三昧《ぜいたくざんまい》をさせる富豪のおじさんをやっています。でも、本当の絆《きずな》を結ぶのを避けまくって、結果的に彼女を傷つける。小説のほうを読むと、おじさんが娘をもてなすのは性的に惹《ひ》かれるからだとはっきりさせているのが、スティーヴらしいけど》

最近忙しくて、DVD観賞が後回しになっていたので、『ショップガール』を見ていない。早速、レンタルショップに走った。

スティーヴ・マーティンが、ヒロインに会いに行くために自家用ジェットでシアトルからL.A.まで飛ぶというハーレクイン・ロマンスみたいなシーンを嬉しそうに演じているのが、ファンとしては痛し痒《かゆ》しだ。スティーヴ、おまえも若い女にモテたいアホなおじさんだったのか。けれど、『マイ・フェア・レディ』や『プリティ・ウーマン』と違うのは、金を注ぎ込んでも愛は捧《ささ》げないおじさんが、最後には彼女に見限られることだ。

それにしても、この映画が翔子に考えさせたのは、貢ぐ男心ではなく、貢がれる女心のほうだった。

彼女はお金でいい思いをさせてもらうことで、簡単に舞い上がる。そして、生活感のない彼の豪邸に招かれたとき、自分から裸になってサテンのシーツに横たわる。

結局、これじゃん。翔子は煎餅《せんべい》をかじりつつ、画面に突っ込みを入れた。

これって、お返しでしょう。

金のある男は、それだけで若い身体《からだ》を投げ出す価値があるということか。それとも、若い身体には、大金を注ぎ込ませる価値があるというほうが正しいのか。

ヒロインは、リッチなおじさんに庇護《ひご》されるのを喜び、愛されていると思い込み、だからこそ、おじさんの不誠実に傷つく設定なのだけど。それに、銀髪でスマートなスティーヴ・マーティンだから、ヒロインの恋心も抵抗なく受け入れられるけど。

でも、どうなのだろう。金銭的に守られるというのは、相手の外見や人間性と関係なく、ポイントが高いものだろうか。

園田の行動も、下心がそうさせているのか？　プレゼント攻勢なんかしなくても、昔なじみの仲なんだから、もっと率直に「やろう」と言えばすむ話なのに（即、断るけど）。

コブ茶が言った、すべての男にあるという『マイ・フェア・レディ』願望。それって、やっぱり支配欲じゃないのかなあ。園田は翔子にものを買ってやり、変身させることで、翔子を自分の思い通りに操る快感に浸りたいのではないか。そんなうがった憶測しか、翔子の頭には浮かばない。

「成金ほど、女の前で札びら切って、いい気持ちになりたいのよ。見栄というか、自己陶酔というか。だから、その友達も」

と、鈴枝は意味ありげな目配せをした。バレてるなあ。翔子はへらっと笑った。名前のない友達を自分話のカバーに使うのは、わかりやすい手口だ。でも、知らない振り。それが女同士の仁義です。

「その彼女も、買ってもらうと思うから、すっきりしないんでしょう。買わせてやってると思えばいいのよ」

「その成金は、彼女のこと、好きなのよね」と、喜世美。やはり、彼女にちょっとアクセントをつけた発音だ。

「そう悪くない人なら、その気持ちを受け止めてあげればと、わたしは思うよ。成金がみんな悪いやつってわけじゃないでしょう。それに、プラダのバッグなら、誰だってもらうわよ。グッドなセンスじゃない。掘り出し物のいい男かもよ」

「そうかな」

　思わず自分丸出しで、翔子は考え込んだ。

「気前のいい男なら付き合う価値ありよ。と、人には言うけど」

鈴枝が眼差《まなざ》しを和らげて、言った。

「ものを買ってもらうのが、どうもすっきりしないっていうの、わかるな。実は、わたしもそう。なんだろうね。多分、自分の人生は完全に自分でコントロールしたいのよね。欲しいものがあれば、自分のお金で買う。それでこそ、プライドが保てる。その友達も、きっと、そういう性格なんだと思う」

うん。そういうことだな。翔子はやっと、納得した。

今、翔子が生きている世界は、翔子程度でも制御できるくらい、小さい。そのかわり、人の思惑に振り回されずにすむ。だから、ストレスなく暮らせるのだろう。

園田に何か買ってもらうのは、やめよう。おごられ飯は——ま、いいか。胃袋に人格はない。

4

で、クロエのサマーニットを断った。

新しくできたビルの、眺望が売り物のスカイビューラウンジ見学に付き合ったときだった。園田は「新しくできた話題の××」チェックに余念がなかった。

シンプルで素敵だったので、包みを開けてみたときは、かなり葛藤《かっとう》があった。

「クロエだぜ」

園田が、さも「嬉しいだろ」という顔で口にしたその名前は、翔子も耳にしたことがある。どころか、通りすがりにディスプレーを見て、ちょっといいなと思った。値段を見て、店内に入るのをやめたのだ。カットソー一枚が二万円以上だ。ユニクロなら二千円で買える。

それにしても、このブランドを選ぶなんて、園田は翔子の趣味がわかってるみたいだ。それとも、お買い物アドバイザーがいるのかな。

「身なりに構わない面倒くさがりで、ゴージャス系にビビる小心者の女が喜ぶ服なら、デザインはシンプル、かつ、さりげないおしゃれ感がある、こちらなんかどうでしょう」とかさ。

相当揺れたが、頑張って包み直し、園田のほうに突き返した。

「もらう理由がないよ」

「クリスマスプレゼントだよ」

「今、春だよ」

「だから、先渡し」

もう、その手はきかない。本やＣＤなら、まだいい。しかし、服や装飾品といった身につけるものには、やはり特別な意味がある。翔子は、そういう自分の考えを説明した。

「だから、受け取れない。わたしたち、そういう関係じゃないでしょう」

「でも、友達だろ」

「とぼけないでよ」

誰にともなく腹が立ち、翔子はサマーニットの包みをつかんで、園田の胸に押しつけた。流れで、園田は受け取った。

「ただの友達は、こんなの、もらわない。そりゃ、このところ、よく会ってるけど、そういう雰囲気にならないの、わかるでしょう。いくら投資しても、無駄だよ。わかってよ」

「そういうんじゃねえよ」

園田はすねたようにうつむいて、床を蹴《け》った。

「てか、ちょっとはムキになってるとこ、あるよ。プレゼント平気で受け取ってネットオークションに出すような女とばっかり付き合ってるから、何も欲しがらない女って、新鮮でさ。何も欲しがらないから、余計になんか買ってやりたくなるんだよ。これがダメなら、なんだったらいいんだ。言えよ。赤いバラ百本とかさ」

「そんなのもらっても、困るよ。花瓶がないもの」

「断り文句からして、生活感あふれてるよな」

園田は泣きそうな顔で笑った。

「なんか、俺ね。おまえ的な、そういうほんわかした雰囲気から、引き離されてる気がするんだ。いっつも、ピリピリしてて。俺、株取引もやってるだろ。あれ、情報戦だから寝られねえんだよ。こんな生活してると、付き合う人間、限られてくる」

「人脈とか、大層なこと言ってたじゃない」

「そうだけど、結局は同じ穴のムジナだよ。俺に優しくしてくれる人間なんか、みんな、金目当てだ」

「それぱっかりじゃないでしょう」

「それぱっかりなんだってば。二宮、俺、疲れたよ」

「何言ってるの。まだ二十八じゃない」

「だけど、この業界、アップダウン激しいんだよ。俺らも急成長してきたけど、落ちるのも早いしな。そういうの、一杯見てるから。俺、ほんとは自信ないんだ。怖いんだよ。金目当てじゃなく、俺のこと見ててくれる人に、そばにいてほしい」

そこで気弱な、妙に甘ったるい視線を向けてくる。翔子はぞっとした。「そばにいてほしい」なんて口説き文句、こいつに言われてもなあ、と改めて自覚する。

「わたしは、そんなこと、できないよ」

「わかってるよ。でも、こんなこと言えるの、ビジネス人脈と関係ないところにいる二宮だからだ。二宮と俺は住む世界が違う。だから、安心できるんだ」

園田は少し黙り、きちんと座り直して、翔子を正面から見た。

「二宮、俺のこと、それほど好きじゃないだろうけど、こうして会ってくれるってことは、嫌いでもないんだろ。だったら、もうちょっと踏み込まないか。プレゼントいらないとか、そんな堅いこと言わないでさ」

踏み込むって……。

「言ってる意味が、わからないんだけど」

「だからぁ」

園田は彼らしく、あっという間に馴れ馴れしくなった。

「おまえだって、誰もいないんだろ。でなきゃ、ほいほい、俺と会ってるわけないもんな。だったら、いいだろ。本格的に付き合おうぜ。欲しいもの、買ってやるぞ。おまえだって、欲しいもの、何かあるだろう」

なんだろ。一瞬、考えた。欲しいもの。思いつかない。あえて言えば、やっぱり現金かな。でも、お金もらって園田と会ってたら、それこそ援助交際大人版じゃん。

翔子は苦笑した。

「園田、金目当ての女にこりごりしたみたいなこと言っといて、やっぱ、金を持ち出すんだね」

「だって、それしかアピールポイントないんだもん、俺」

園田は、すねた。それがわかっているところが、可愛い。

「そんなこと、ないでしょう」

つい優しく言ってやると、「そう思う？」。

嬉しげな上目遣いになった。

「どこ、どんなとこ、金以外の俺の魅力って」

「えと、金がすべてじゃないと思ってるところ」

「うんうん。そうだろ。俺は、金儲けしてどこが悪いなんて開き直らないよ。金儲けは好きだけどさ。金で態度変えるやつ、嫌い。俺、こう見えても、正義感強いんだよね。エコにも気を遣ってるし」

「ほんと？」

「普段はチャリ乗ってるもん」

「ランボルギーニは？」

「買ったけど、すぐ売った。考えてみたら、俺、あんまし車って興味なかったんだ。てか、運転、面倒くさいほうでさ。ネットおたくって、車乗らないよ。もともと、アウトドア好きじゃないもんな」

得々として、言う。翔子は呆《あき》れかえった。

「それがなんで、ランボルギーニよ」

「ショールームで、あっさり、買うわって言うのが快感でさ」

「バカみたい」

「そういうけど、あの気持ちよさはちょっとたまらんぜ。俺、買い物依存症の気持ち、わかるよ。世界を征服したって感じがするんだぜ」

「やっぱ、お金の見せびらかしじゃない」

「そうなんだよ。結局、金持ってるやつが勝つ。それが世の中なんだよ」

そういう園田が、翔子に癒《いや》しを求めるのはわかる気がする。では、自分はどうして、園田と会っているのだろう。

こうして会ってるんだから、もっと踏み込んでもいいだろう——と、園田は言う。でも、踏み切れないのは、なぜなんだ？

「考えてみる」と、翔子は答えた。

『ジム・キャリーの「ライアーライアー」を見返しました。近頃、めっきり大物っぽくなってしまったジムだけど、さすがにこの頃は若くて、長い手足をフルに使って、自分の手が思い通りにならなくて自分に襲いかかるとか、自分で自分をぼこぼこにするなどの身体ギャグが楽しいです。

壁に激突して、まっすぐの棒のように一気にバターンと倒れる。それをフルショットで撮っています。美しいです。顔芸も無論、全開です。全力でバカをやる。そうせずにはいられない内なる狂気の存在が、ウディ・アレンのようなインテリ・コメディアンに欠けている力だとコブ茶は思います。知性と狂気は共存しないようです。コブ茶は、狂気のほうにより惹かれます。ウディ・アレンの作品がどんどん若い女への妄執にまみれて、笑えなくなっていくのを見るにつけ、知性というものの脆弱《ぜいじゃく》さを思い知らされるような気がするのでね』

コブ茶からのメールだ。

翔子は読みながら、いつしか微笑《ほほえ》んでいた。内容がスルスル頭に入る。冷たくておいしい水みたいに、脳細胞に浸透して活性化させる感じ。

『ライアーライアー』は、翔子も好きだ。何回も見ているが、また見たくなった。あと一度、岡本喜八の映画を見るために会ったときのコブ茶を思い出す。あのときは二人とも、アタフタした。どんな顔をしていいのかも、わからなかった。やたら、恥ずかしかった。

でも、こうしてオンラインでなら、いくらでもしゃべれる。チャットで短い交信をするのもいいが、考えたことをじっくり書いてある長文のメールをゆっくり読むのが好きだ。コブ茶用のフォルダに全部収納して、ときどき読み返したりもする。

顔を合わせてしゃべらなくても、翔子とコブ茶は会話している。安心して、付き合える。

そうだ。付き合ってるって、こういうことだ。

どんな仕事をしているか、どのくらい稼いでいるか、何を持っているか、誰を知っているか、どんなところに住んでいるか、そんなこと、関係ない。

相手が何を好きかを知っている。そこに共感している。そして、好きなことについて夢中になって話し合える。それが、同じ時間を一緒に生きるということだ。向かい合ってみつめ合うことでも、サテンのシーツの上で抱き合うことでもなく。

答えが出たな。翔子は頷き、初めて自分から園田を呼び出した。

場所はデパートの屋上だ。夏になるとビアガーデンになるのだが、まだ肌寒い時期は幼児向けの遊具とベンチがあるだけで閑散としている。

「ヘンなところに呼び出すんだな」

園田は革ジャケットの襟《えり》を立て、文句を言った。

「話題のスポットに飽きちゃったから」

翔子は、途中で仕入れてきたキャラメル・マキアートを園田に渡した。

「今日はおごるよ。わたしが呼び出したから。こういうの、たまにはいいでしょ。中学生のデートみたいで」

　園田は苦笑して、カップに口をつけた。唇の上に、クリームの泡がつく。それを見ながら翔子は、考えてみたが本格的に付き合うのは無理だと伝えた。

　園田は上目遣いをした。

「なんで、ダメ？」

「話が合わない。話すことがない。わたしは園田の愚痴聞いてるけど、わたしからは話すことがないし、園田に聞いてもらいたいことも思いつかない」

「俺、つまんないやつか」

　落胆もあらわに、肩を落とす。でも、やはり、甘ったれた上目遣いは健在だ。憎めないやつなのだ。こうやって、園田はいろんな人に取り入って、のし上がってきたのだろう。成功する人間には総じて、妙な愛嬌《あいきょう》がある。そんな気がする。

「わたしとは話が合わないってだけだよ。金儲けが好きで、他のことには興味ない。あんたはそういう人で、それは悪いことじゃないよ。そういう園田と合う人が、きっと、いるよ」

　園田は眉《まゆ》を上げ、鼻の穴をふくらませた。気を悪くしたのだ。甘えた目つきは消え、かわりに嘲笑《ちょうしょう》が唇を歪《ゆが》ませた。

「おまえ、今、俺のこと、バカにしただろ」

ああ、これだ。翔子は、うんざりした。人にどう思われるか、常に気にしている。そして、攻撃されたと感じたら、たちまち、ハリネズミみたいに全身トゲだらけになる。自分の話しかしない人間の特徴だ。これだから、付き合う気になれないのだ。

「バカになんか、してないよ。励ましたんだよ。励ましてほしいんでしょ」

「そんな励まし方があるか。励ますっていうのはな、そういうあなたが好きよって潤んだ目で言うことなんだよ」

翔子は目を丸くした。

「わたしが、そんなこと言うと思ってたの？」

園田はキャラメル・マキアートのカップを握りつぶした。残っていた中身が飛び出して、本革のジャケットの袖《そで》に飛び散った。腹立たしげにしずくを振り落としながら、園田はしゃべった。

「飛行機はビジネスクラス。ホテルはスイート。レストランは三つ星。そういう場所に行ってみな。そっから下には戻れないよ。金があるって、いいことだ。俺はおまえに、その楽しみを教えてやりたかっただけだ」

「そして、こんなことしてくれるあなたが好きよって、ウルウルした目で見られたかった？」

園田はそっぽを向き、自嘲めいた薄笑いを浮かべた。

「……わかんねえよ」

「わたしにそんなこと期待するなんて、よっぽど女日照りなんだね」

「だな。このところ、忙しすぎた。女なら、誰でもよかったってとこかな」

園田は、わかりやすい負け惜しみを口にした。それで、わかった。

どういうわけか、この男は本当に翔子が好きなのだ。そして、その気持ちを持て余している。恋愛方面にうとい翔子にも、それくらいの察しはつく。

面映ゆいが、応《こた》えるわけにはいかない。

鼻につく欠点はあるが、嫌いじゃない。それどころか、贅沢をさせてもらえるというのは、実に大きな魅力だ。翔子は、ブランド批判を反省した。縁がなかったから、平気だったのだ。別の世界を知ってしまうと、もう無邪気ではいられない。

おごられ飯に馴れ、プラダを受け取り、クロエに揺れただけで、翔子は自分のガードのもろさを知った。そして、怖くなった。

欲望には、力がある。欲望は、人を変える。そのうち、何かくれるから、園田に会うようになる。園田に依存することに馴れ、金銭的に庇護されることで気を許し、しまいに目をウルウルさせて「好き」くらい、平気で言いかねない。『ショップガール』のヒロインのように。

でも、それが翔子か？

園田と間の悪い別れ方をした夜、翔子はいつものようにパソコンに向かった。キョロが構ってよと、キーボードに前足を載せた。

翔子は邪魔されないようにキョロを膝《ひざ》に抱き取り、片手で押さえ込みながら、コブ茶メールのフォルダを開いた。コブ茶セレクト〈映画の名台詞集《めいぜりふしゅう》〉を拾い読みする。

あった、これだ。チャップリンの『ライムライト』。

人生を恐れてはいけない。人生に必要なのは、勇気と想像力、そして少しのお金だ――。

『少しのお金、というところが、ミソ。貧乏人から大金持ちに成り上がったチャップリンだからこそ、金の怖さを知っているのでしょう』と、コブ茶の短いコメントがついている。

その通りだ。金は人を振り回す。大金ほど、人の心を食い尽くす。

勇気と想像力のほどはまだ不明だけど、少しのお金と、好きな話題で熱っぽく何時間でも話し込めるブログメイトがいる今の生活で、いい。自分にそう言い聞かせた。その顎《あご》の下で、キョロがニャーンと甘え声で鳴いた。

そうだね。おまえもいる。

翔子は、自分の世界を守った。でも、それが正しいことかどうか、わからない。園田にもらったバッグはとりあえず、クローゼットの奥にしまい込んである。プラダに、罪はないのだが。

相利共生、希望します

1

美人は得だ。

生きているだけで愛され、求められ、チヤホヤされ、頭が悪くても性格が悪くても許される。

美人ならざる普通の女たちが、モテるためのメイクだの、着こなしだの、会話術だのの指南本に目を血走らせ、涙ぐましい努力をして立ち向かう男を、美人はそばを通り過ぎるだけでかっさらっていく。

いいなあ、美人は。

美人に生まれついていれば、わたしだってモテモテでウハウハの人生が送れたのに
……と思っている美しくない女たちよ。あなたたちは、間違っている。

美人がモテるとは限らない。

美人に積極的にアプローチしてくるのは、よほどの自信家だ。ごく普通の男たちは根が小心だから、美人とのツーショットに耐えられる自分かどうかを、つい考える。そして、美人と付き合うがゆえにささやかれる、さまざまな陰口を想像し、やがて自分より明らかに上物の男が現れて彼女に捨てられるところまで妄想して、疲れ果てる。

そんな思いをするくらいなら、最初からあきらめたほうがいい。美人より気安いのが一番とか言っちゃって、笑顔の可愛《かわい》いチンクシャにほだされたりするのだよ。

加えて、矢代鈴枝のような知性派美人顔、いわゆるクールビューティーには、大きな欠点がある。

考え事をすると、端整な造作にただならぬ緊張感が加わる。きつく結んだ唇の両端は思いきり下がり、切れ長で吊《つ》り上がり気味の目は、ウォータープルーフの強力アイライナーで無理やり引っ張り上げたフェイク目力とは段違いの迫力で鋭くなる。そのうえ、眉間《みけん》にしわが寄る。どう見ても、何かに怒っているとしか思えない。

鈴枝には「国宝」という、陰でささやかれているあだ名があるが、それは興福寺《こうふくじ》にある阿修羅像《あしゅらぞう》を指している。数年前、奈良に旅行に行った新米OLが「ほら見て。まんま矢代さん。きれいコワイ」と冗談の種にしたのがきっかけだ——ということを、鈴枝は知っている。

合コンなどしても、途切れなく話しかけられはするものの、最終的には誰にも選ばれない。相手の話をちゃんと聞こうと、口を閉じ、じっとみつめて集中するのだが、いかんせん真剣になると、まんま阿修羅像である。近寄りがたい、敷居が高いと敬遠され、人によると勝手に屈折して、冷たい、人を見下《みくだ》している、と誤解される。

確かに鈴枝は、批判がましい口をきく辛口女である。性格も、きつい。

それは真面目《まじめ》な完全主義者だからだ。正義感も強い。だから、毒舌をふるうのは世間一般に対してであって、個人攻撃をしたことはない（えーと、上司や取引先のことをバカ呼ばわりしたことはあるが、心の中で、である。あと、部下の内藤相手にこぼしたことも。でも、そんなの普通でしょう？）。それなのに、人を見下す傲慢女《ごうまんおんな》だと思われるなんて、これ以上ないくらい不本意だ。

男関係がうまくいかないのも、おそらく、この顔のせいだ。なにせ、色気がない。きりりとした冷たさより、ほんわかした温かさ。目から鼻に抜ける賢さより、反応が遅れるぼんやり。無駄のない細身より、ゆるゆるの肉体。男というのは、そうしたものが放つ生ぬるい色気にどうしようもなく弱いのだ。三十五年の人生で、鈴枝はたびたび、その事実を見せつけられてきた。

それでも、美人のプライドというのは、ある。だから、「矢代さん、モテモテでしょう」と言われると「それほどでもないですよ」と答える。

本当は「そんなこと、ありません」なのだ。しかし、モテない事実を世間に広めたって、得することは何もない。

「えー、どうして？　そんなにきれいなのに」などと、無駄に他人を喜ばせるだけだ。

美人だけど、モテませんでした！

この年までで、たった三回です。どれも、悲惨でした！

一回は他の女に横取りされた。無念だったが、あきらめがつきやすかったぶん、ましなほうだ。

他の女という外圧なしで、ただ、二人の関係性が勝手に行き詰まってダメになった二回の経験のほうが、しんどかった。

ほぼ一目惚《ひとめぼ》れだったのに、ものすごく気が合って何時間でもしゃべっていられたのに、恋愛モードが進行するにつれ、じわじわと相手を信用できなくなる。

それは、向こうもご同様だ。

最初のうちは、嫉妬《しっと》されるのが嬉《うれ》しかった。でも、だんだん干渉がうるさくなってくる。

ドキドキワクワクのときめきが、いつしか疑心暗鬼に変わり、自分と相手、二人分の気分に振り回される。

それでも、出会った頃の幸福感が忘れられず、特別な相手だった記憶にしがみつく。

「夢よ、もう一度」とばかり、鼻についてきた欠点に目をつぶり、おおいに譲歩して気が合うふりで自分をごまかす。そうやってため込んだ不満が積もり積もって、やがて大爆発。

もう、終わりだな。そうね、そうしましょう。別れを切り出すときは久しぶりに気が合って、背を向けた途端に押し寄せる後悔。そこで繰り返す、短い復活劇。でも、ダメなものはダメ。

まあね。別にいいんですよ。元来、鈴枝は恋愛至上主義者ではない。

大体、みんな、恋愛に何を期待してるの。幸福な結婚？　子供を産んで、愛に溢《あふ》れた家庭を作って、ずっとずっとハッピーに暮らす？

そんなの、あり得ないでしょうが。

恋は過大評価されすぎだ。狂歌にこういうのがある。

ひもじさと寒さと恋を較《くら》ぶれば　恥ずかしながら　ひもじさが先——。

生きていくのがやっとの状況にいれば、恋どころではないのだ。愛だ恋だと騒いでいるのは暇な証拠だ——と、なんで、ここまでムキになる？

それは、荻野薫子《おぎのかおるこ》のせいだ。

小さい垂れ目。顔の真ん中をちょいとつまんだだけのような、低いうえにあぐらをかいた豚鼻。厚い唇。日本女性全体のお顔レベルがあがった昨今、珍しいくらいの古典的ブスである。年齢はおそらく鈴枝と同じくらい（だから、よけい気にさわる）。鈴枝がこの三年ひいきにしているバー〈ブルームーン〉に、最近よく顔を見せるようになったのだが、これが実にわかりやすい色気を常時発散するビッチである。たとえば、白いスーツで現れて、飲み進むうちに「ちょっと暑くなっちゃった」かなんか言って、上着を脱ぐ。するとその下は、黒のタンクトップだ。

そして、カウンターの隅に位置を占め、両肘《りょうひじ》をついて肩をすぼめる。グラビアアイドルがよくやる、胸の寄せ上げポーズだ。そのまま軽く身体《からだ》をひねり、肩の上に顎《あご》をのせるようにして、あちらこちらと視線を泳がせる。

あらわになった左肩に、ほくろがあるのが見える。眠たげな垂れ目は妙に色っぽい。誰かの視線を感じると、赤く塗った厚い唇がゆるくほどけ、隙間《すきま》のある前歯をのぞかせて、ニヤリと笑う。

鈴枝は、薫子がこの手で何人も男をひっかけるのを目撃した。

口惜《くや》しかった。

でも、見逃してやってきた。薫子がくっつけて帰る男が揃《そろ》いも揃って、たいしたことない連中ばかりだったからだ。いや、薫子にひっかかったというだけで、Cランク決定だ。そんなの、どうってことない。

しかし、ここに来て、ゆゆしき事態が発生した。なんと、鈴枝ごひいきのバーテンダ

―小郡と薫子が、できているらしいのだ。

小郡が自分ではなく、薫子と……。

許せん！

2

酒場が男の止まり木と呼ばれ、話のわかるママと多少のお触りなら笑って許してくれるホステスがよってたかって、サラリーマンたちの愚痴を聞き、優しく慰め、酔っぱらわせて理性と金をはぎとっていたのは昔話。

仕事にも酒にも強い働く女たちが巷《ちまた》を闊歩《かっぽ》するご時世にふさわしく、女一人でも立ち寄れるスマートなバーが増えている。そこにいるのは、口当たりのいいカクテルをリーズナブルな料金で供してくれる男前のバーテンダー。〈ブルームーン〉も、そんな店のひとつだ。

小郡は、目の覚めるような二枚目ではない。だが、櫛目《くしめ》が通った古風な七三《しちさん》分《わ》けの髪に、白いシャツ、蝶《ちょう》ネクタイ、黒のベストに黒ズボン、黒のソムリエエプロン、そして黒い靴というバーテンダーの正装がよく似合い、御年《おんとし》四十ながら、老成した青年といった風情だ。

ドアを押して入ってきた鈴枝をみとめると、「いらっしゃいませ」とうっすら微笑《ほほえ》む。そして、席に着いたこちらの目をのぞき込むように心持ち前傾姿勢になり、低い声で問いかける。

「今夜は何にいたしましょう」

「そうね。テキーラ・サンライズにしようかな」

「はい」

頷《うなず》いて、後方の棚からテキーラのボトルを抜き取り、氷を入れたトールグラスに指二本分注ぐ。そして、しぼりたてのオレンジ果汁を加え、軽くかき混ぜる。すると、透明なテキーラがうっすらと曇る。

鈴枝はカウンターに肘をつき（しかし、背筋はぴんと伸ばす。だから、胸はぺたんこのままだ）、組み合わせた両手に顎をのせて、小郡の動きを眺める。

最後にグレナディン・シロップを注ぐときの、やや腰を落とし、唇を引き締める癖が好きだ。「真剣勝負」という感じ。グラスの底に沈んだグレナディンの赤が薄曇りの空に滲《にじ》み出して、サンライズの出来上がり。スライスしたオレンジを縁にかませて、すいっと鈴枝の前に。

それから、淀《よど》みなく次の作業に取りかかる。

氷を砕く。ライムを櫛形に切る。ナッツを器に盛る。洗ったグラスをナプキンで拭《ふ》く。光にかざして、拭き残しがないか調べる。

真剣な眼差《まなざ》し。手馴《てな》れていながら慎重な指使い。狭いカウンター内で効率よく働く、シャープな腰の切れ。

セクシーだ。口をきかず、集中しているから余計、ぐっとくる。

大体、鈴枝のまわりには、口にしまりのない男が多すぎる。

取引先や上司に文句を言われれば、八つ当たり。仕事がうまく回らないと、愚痴。たまにほめられると、自慢。冗談のつもりで、セクハラ。ウケを狙《ねら》って、ドすべりギャグ。よせばいいのに、政権批判。何をアピールしたいのか、いきなり雑学ひけらかし。

サラリーマンというものは、黙っていると「何を考えているかわからない、不気味な、暗いやつ」と思われてポイントが下がるらしい。おちゃらけぶりをバカにされても、明るいほうがいいのだ。

そりゃ、鈴枝にしても、仕事の場で口べた相手はやりにくい。ツーといえばカーで応《こた》えてくれる人間は、たいがいおしゃべりだ。

でもなあ。

販売促進という仕事柄、マーケティングだの、広告宣伝関係だの、要するに舌先三寸で勝負する連中ばかりと付き合うおかげで、ぺらぺらしゃべる人間に食傷気味なのだ。

小郡は無口だ。そのせいか、たまに言うことが、ひどくロマンチックに聞こえる。

たとえば彼は、レッドビー・シュリンプという観賞用のエビを飼っている。家に帰ってアクアリウムを眺めていると、気がつくと一時間くらい経《た》っているそうだ。

アクアリウムは、けっこうまめに管理してやる必要がある。小さな小さなエビは、水槽内の小石に押しつぶされて死ぬこともある。死骸《しがい》や糞《ふん》を取り除き、藻の繁殖を防ぎ、安定した環境を保ってやらなければならない。

「細かい作業ですけどね。自分、そういうの、けっこう好きなんです。何も考えずにやれるから」

「そう……」

鈴枝は、薄暗い部屋でただひとつ明るいアクアリウムにかがみこみ、長い指をこすり合わせて餌《えさ》をまく小郡の姿を想像する。まっすぐな肩。切り立った肩甲骨。おっと、裸を想像するのはまだ早い。そうだな。白いTシャツを着せようか。下はグレーのスウェットパンツ。真面目な面持ちにアクアリウムの照明が反射して……よだれもの。

それ以外の趣味は、プロ野球観戦だそうだ。

「どこのファン?」

「福岡ソフトバンクホークスです。王《おう》元監督がきっかけで。ジャイアンツの四番打者だったのに、ミスター・ジャイアンツになれなかった。で、努力して、地方球団の名監督になった。ガンを克服して、現場復帰した。そんなドラマに入れ込んで応援しているうちに、チーム全体が身内みたいになりまして」

「……そう」

鈴枝は野球に興味がないが、王貞治《さだはる》は知っている。そして、興味がないくせに、ジャイアンツには反感を持っている。だから、地方球団を応援する小郡にダンディズムを感じてしまう。

「自分は、個人的にはスコッチよりアイリッシュ・ウイスキーが好きなんです。スコッチは洗練されて都会的。バーボンは野性的でちょっと単純。それぞれいいんですけど、アイリッシュ・ウイスキーには、素朴な底力みたいなものがあるような気がして。アイルランドに行くのが念願なんですけど、先立つものがね」

「そう」

いいわねえ、アイルランド。いかにも、〝通〟って感じ。それに比べるとスコッチとかバーボンなんて、ありきたりよ。いつか二人でアイルランドに行きましょう、なんて、言ってみたい。自称が僕でも俺《おれ》でもなく、自分という無骨さもグッドよ。

「じゃあ、おすすめのアイリッシュ・ウイスキーをいただこうかしら」

「では、ブッシュミルズを」

このようなことを、鈴枝は三年かけて聞き出した。他に客がいないとき、鈴枝のほうから質問して、しゃべらせたのだ。そうでもしないと、小郡のことはわからない。

バーテンダーは、自分からはあまりしゃべらない。聞き役に徹するためだ。中には、誰とも口をききたくない気分の客もいる。そんなときは素知らぬ顔を通す。「どうなさいました？」などと立ち入らないのが、バーテンダーのマナー。

話しかけたら、耳を傾ける。黙っているなら、見て見ぬふり。グラスが空いた頃合いを見計らって「何かお飲みになりますか」と問いかけて、ちゃんと注意を払っていることをさりげなく示す。

自分を押しつけず、相手の望みに寄り添う。それが、よきバーテンダーというもの。ぴしっと決まった服装で、口数少なく、微笑み絶やさず、丁寧な物腰に細やかな気配りで、こまめに立ち働く。

これって、理想の男じゃない？

そう思いつつ、鈴枝は爪《つめ》を嚙《か》み嚙み、遠くから眺める。それだけで、すませてきた。

だが、ある晩、薫子がカウンターに座った途端、小郡に話しかけたのだ。

「ねえ。おたくで見せてもらったアクアリウム、素敵ねえ。とくにイソギンチャクが気に入った。わたし、観賞用のイソギンチャクがあるなんて、知らなかった」

「アクアリウムは海の盆栽みたいなものですから、たいがいのものは飼育できるんですよ」

「盆栽かぁ。それでわかった。イソギンチャクって、もっとヌラヌラしてるものだと思ってたけど、おたくのはなんていうか、わびさびの世界だったもの」

この女は見た目だけではなく、言うこともいやらしい。鈴枝は眉間にしわが寄るのをどうしようもない。だが、小郡は愛想よく相手をする。

「あのイソギンチャクは、カクレクマノミとセットで買ったんですよ。共生関係にあるんで」

「クマノミって『ファインディング・ニモ』のニモでしょう。あれ、可愛いわよね。そう。イソギンチャクと共生してるの」

「イソギンチャクの触手を隠れ家にしてるんですよ」

「いいわねえ、共生」

うわ、目で舌なめずりしてる。鈴枝は横を向き、嫌悪のため息を吐き捨てた。

「ねえ、イソギンチャクとクマノミ、セットだといくらくらいなの」

「種類によりますから、一概にいくらとは言えないですね。飼育するなら、水槽から考えないと」

「そうね。考えてみるから、業者さん、紹介してくれる？」

「ええ、いいですよ」

「よかった。約束ね」

「はい」

ちょっと待ちなさいよ。それ、プライベートタイムの約束をしたということじゃない。小郡が、薫子の手の中で転がされてる。

そんなこと、あってはなりません！

ちょうどそのとき、トイレから出てきた客の一人が小郡に何かささやいた。そのあと、ぐったりカウンターにうつぶせになったところを見ると、どうやら吐いたらしい。小郡は素早く、トイレ掃除に向かった。

鈴枝は自分のグラスを持つと、薫子の横に移動した。

「失礼。聞こえちゃったんだけど、小郡さんのアクアリウムって、レッドビー・シュリンプがいる、あれでしょう？　わたしも小郡さんにいろいろ聞いてて、ちょっと興味があったんだけど」

小郡のアクアリウムのことを知っているのはおまえだけではないぞと、言外に匂《にお》わせてやる。薫子は目を細めて、愛想笑いをした。

「この間、珍しく酔いつぶれちゃって、わけわかんなくなっちゃったの。それで、小郡さんの家に泊めてもらってね。そのとき、見たの。そういえば、水槽は二つあったわね。でも、わたしはイソギンチャクが気に入ったものだから」

イソギンチャクより先に、泊まったことを口にした。小郡との関係を見せびらかしたいらしい。多分、鈴枝の真意を見透かしたのだ。

鈴枝は根性で眉間を開き、にこやかに言った。

「あら、そう」

しかし、敵はさらに優位を示す。

「いつもはあんなこと、しないらしいんだけど」

あんなこと、だなんて、ほのめかして、ヤな女！　だが、話の流れとして訊《き》くしかない。鈴枝は好奇心があふれたという思い入れで、いたずらっぽく笑ってみせた。

「また、薫子さんたら、思わせぶりが過ぎるわよ。あんなことって、なんなのよ」

薫子も馴れ馴れしく鈴枝の肩に顔を寄せ、ゆっくりささやいた。

「客のお持ち帰り」

う、まずい。眉間にしわが寄る。鈴枝はまばたきで怒りを散らした。

「でも、バーテンダーはモテるってよく言うじゃない。だから、よくある話なんじゃないの？」

薫子は含み笑いをした。

「そうかもしれないわね」

クッソー、余裕こきやがって。

どう頑張っても、お持ち帰りされた女とされない女じゃ、勝負は明らかだ。わかっているから、薫子は詳しいことを何も言わないのだ。

本当は、訊きたい。小郡は、どうだったのか。うまいか？　肌触りは？　持続力は？　終わったあとの態度は？　翌朝、どんな顔をした？

しかし、この女の口から聞くのは絶対にイヤ。となると、自分で確かめるしかない。そうだ。薫子のものになんか、させるものか。絶対阻止してやる。美人の意地だ。わたしさえその気になれば、男の一人や二人、落とすのは簡単よ――って、ほんとかよ。と、こう、自分で自分に突っ込みを入れて冷やかすのが、鈴枝の癖。うーん、やっぱり、冷静でいたい性分なのかなあ。

3

小郡に接近する方法を、鈴枝は真剣に考えた。

薫子がやったように、酔いつぶれたふりをして閉店まで居座り、なしくずしのうちにお持ち帰りされるという手を真似《まね》るのはためらわれる。二番煎《にばんせん》じだし、ふりにせよ、正体をなくすまで酔うには出社の心配をせずにすむ金曜日か土曜日に限られる。だが、週末のバーは同じように時間を気にせず居座る客が比較的多い。小郡と差しでゆっくり話すのを目的としている鈴枝が行くのは、客が少ない水曜や木曜なのだ。

それに、できれば、なりゆきのセックスから始めるのは避けたい。薫子のやり方だと、ろくに口もきかず、顔も見ず、知り合いになったのは下半身だけということになる。

薫子はそこから関係性を固定化させようとしているようだが、心なしか、小郡は迷惑そうだ。彼女を見る目に、愛がない（と、鈴枝は決めつける）。

やはり、ちゃんと会話をし、みつめ合い、ちょっとはにかんだり、ためらったり、でも気になるから、そっと視線を交わしたり、そんなしっとりした雰囲気を醸成させたうえで、ふとした触れあいから堰《せき》を切ったように抱き合って、まさぐりあって、そこからは貪《むさぼ》るように――って、そうよ。そうじゃなくっちゃね。

鈴枝はそこまで想像し、ひとりで興奮した。

そのためには、まず、こっちから一歩を踏み出さなければ。だけど、どうやって？

願い続けていれば、神はチャンスの蜘蛛《くも》の糸を垂らしてくれる。

客の少ないいつもの水曜の夜、小郡相手に虚《むな》しく、当たりさわりのない世間話を交わしていると、ドアが開いて鈴枝も顔見知りのバーテンダー仲間、河合《かわい》がやってきた。バーテンダー協会主催の花見の連絡にやってきたのだ。たいがいのバーが休みの日曜日で、夕方からは有志がスポーツバーに繰り込み、ホークス対ファイターズの試合中継を見るという。

これだ。すかさず、口を挟んだ。

「ねえ、それ、客は参加できないの？」

「いいですよ。常連さんで毎年参加してる人もいますしね」

答えたのは河合だ。

「バーテンダーばっかりのお花見って、よさそうね。いいお酒が出そう」

「バーベキューもしますけど、持ち込みのつまみもうまいですよ。来ますか？」

またしても、河合が答える。鈴枝はちらりと小郡の様子をうかがった。用紙に何事か書き込んでいた小郡が顔をあげ、「歓迎しますよ」と答えたが、営業トークの域を出ない。

まあ、いいや。普通のお付き合いというものは、このようなことから始まると相場が決まっている。

いいじゃないか、花見。健康的だ。青空の下で、オフの小郡と会うのだ。仕事の延線上に紛れ込んだ薫子とは、出発点が違う。

ふん。見てなさい。わたしは正攻法で、小郡を手に入れるんだからね。

そして、当日。

鈴枝は満開の花の下を、紫外線よけの大きな帽子をかぶって、うつむいて歩いた。その眉間には、しわが寄っている。

朝からよく晴れて気温が上がり、歩いていると汗ばんでくる。人、人、人だらけでうるさいし、酔っぱらいがよろけてぶつかってくる。これだから、花見宴会は嫌いなのだ。しかし、背に腹は代えられない。

そして、ようやくバーテンダー協会の集合場所にたどり着いた。

「矢代さん、いらっしゃい」

幹事の河合に声をかけられ、眉間のしわをといて笑顔を作った。参加費二千五百円を渡しながら、すばやく視線を走らせて小郡を探す。

みつからない。

「では、早速、どうぞ」と缶ビールを渡してくれる河合に、さりげなく訊いた。

「小郡さん、来てないみたいね」

「いますよ。バーベキュー担当ですから。ほら、あそこ」

指差す方を眺めれば、眼鏡をかけた中年男が網の上でソーセージをひっくり返している。

あれが小郡？

店で見るときと、えらく違う。胸にワンポイントマーク付きの安っぽいポロシャツ。膝《ひざ》の抜けたジーンズ。猫背で精彩がない。生活に疲れた地方公務員といったところだ。ま、いいか。鈴枝は気を取り直した。服のセンスの悪さなんて、欠点にもならない。見栄えのいいものを着せてやればいいんだから。男は中身よ。中身。

「小郡さん」

近寄って、声をかけた。小郡は訝《いぶか》るように目をパチパチさせた。ややあって、ようやく笑った。なんだか、間抜けな反応だ。

「あ、どうも。ソーセージ、いかがですか」

「うーん。野菜がいいんだけど」

「野菜ですか。タマネギとニンジンと椎茸《しいたけ》がありますけど」

「椎茸がいい」

小郡は焼き網の上に椎茸をのせた。タレにつけ込んだ肉ものせる。煙があがって、鈴枝の顔にまともにぶつかった。

小郡は黙々と肉をひっくり返し、椎茸の焼け具合をチェックする。店で働いているとき同様の集中ぶりだ。それは好ましいが、焼き肉の匂いにまみれながら、ぼーっと立っている鈴枝をほったらかしである。会話のきっかけもない。

「はい、椎茸焼けました。肉も一緒にどうですか」

「……いただきます」

肉と椎茸をのせた紙皿を渡されたが、箸《はし》がない。

「おっと、すいません。みんなが座ってる、あそこに行って、箸もらってください。弁当も、他のつまみもありますから、そっちでどうぞ、ごゆっくり」

「小郡さんは、いつ食べるの」

「僕は副幹事で焼き方なもんで、先にぱぱっと食べました」

「そう」

追い払われてしまった。そばに立っている理由がない。実際、これ以上ここにいたら、マックスマーラのショートコートに焼き肉の匂いがしみこんでしまう。

鈴枝はしおしおと、普段着のバーテンダーたちが車座になっているシートのところに行った。そこでいろいろと食べ物を振る舞われたが、嬉しくもなんともない。それでも愛想よく、彼らの家族紹介に付き合った。子連れが意外と多く、亭主がバーテンダーで女房は経理担当といった同業者カップルがほとんどだ。

店ではあれほど洗練されており、ときとして危険な香りさえ漂わせるバーテンダーたちなのに、昼日中見ると拍子抜けするほど普通だ。いつのまにかバーベキューの焼き方が代わっているのであわてて探すと、小郡は小学生くらいの男の子二人とキャッチボールをしていた。

やだ。子持ち？

「あれ、小郡さんの？」

なにげなさを装って、隣にいた茶髪の女に問いかけた。

「小郡さん、シングルですよ。あれは、河合さんとこの翔太《しょうた》くんと、三宅《みやけ》さんちのアイラ」

眉間に寄りかけたしわが、けろりと消えた。

よかった。ただの子供好きなんだ。いいなあ、子供好き。女好きより百倍、いいわよ。自分を構ってくれない寂しさはあるが、ダサいポロシャツ姿で子供と遊ぶ小郡は、鈴枝の中でなおもポイントが高いのであった。

五時を過ぎて、肌寒くなった。花見はお開きになり、続いてはスポーツバーでの野球観戦だ。

小郡は数人の仲間たちの中にいて、ワイワイしゃべりながら歩いている。ワダとかマツナカとかカワサキとかの名前が飛び交っているところを見ると、早くも野球話に夢中になっているらしい。つけいる隙がない。鈴枝はインターネットで一応ホークスの情報を調べておいたが、そこが本当は興味がない悲しさで、何ひとつ頭に入らなかった。

飲食店ばかりが入居している古いビルの地下に、スポーツバー〈鷹《たか》ライフ〉はあった。オーナーがホークスファンで、ホークスの試合を中継するCSを大画面で見ながら、ビールを飲むという寸法だ。長いカウンターだけのバーは、すでに八割方埋まっている。「矢代さん、ここ、ここ」と、座席を確保してくれたのは河合だ。隣に翔太なる息子がいて、小郡は子供の横に座っている。つまり、鈴枝と小郡の間に縁もゆかりもないガキがいるわけだ。河合が、より画面に近い自分の席を譲ってくれたのでこうなったのだが、おかげで鈴枝は小郡の背中しか見えない。小郡は時折振り向いて、翔太に話しかける。だが、その後ろにいる鈴枝には視線もよこさない。

仕方なく、鈴枝はいかにも興味があるふりをして、画面に目をやった。しかし、つまらない。投手が投げるボールを打者が打つ。それくらいのことは、わかる。そして、それだけじゃないか。こんなこと、なんで九回もやるんだ。

一人の打者が、なぜか延々と打席に立っている。粘っているらしい。「よく球が見えてる。いいぞ、いいぞ」と、小郡が言っている。

投げるのも一球、打つのも一球。一人一球ずつの一本勝負というわけにいかないのかね。まだるっこしい。イライラする。鈴枝は個人競技が好きだ。それも、短距離走とか水泳の百メートルとか、あっという間に終わるものにしびれる。球を見るだの、牽制《けんせい》するだの、駆け引きの要因が大きいものは、どちらかというと好きではない。

つまり、どう頑張っても、野球を好きになれそうもない。

「矢代さん、飲み物、新しいの頼みましょうか？」

またしても、気遣ってくれるのは河合だ。小郡はまるで無視で、試合に集中している。嫌われているのだろうか？

いや、違う。ダサい普段着同様、オフのときは誰にも気を遣わず、思いきりバカになりたいのだ。

単純、けっこう。複雑に屈折しているのより、やりやすい。

趣味の不一致がカップルへの道の障害になるとは限らない。夫はサッカーにどっぷり、妻はアイドル追っかけという夫婦を、鈴枝は知っている。

小郡は、仕事においては立派にプロだ。持ち場を守って、きちんと働く。日常生活をしっかりこなせる人間が一番。

彼が野球を見ている間、わたしは本でも読んでればいい。好きといっても、野球に生命《いのち》を賭《か》けてるわけじゃなし。小郡の本質は、その真面目さだ。加えて、子供好きの優しさ。その真面目さと優しさが鈴枝に向けられさえすれば、きっと鈴枝は生まれて初めて「守られている」気になれる。

イソギンチャクに保護してもらう、ちっちゃなクマノミ。あの共生関係のように。

そう考えて、鈴枝はハッとした。

わたしは、誰かに守ってもらいたいと思っていたのか？

小郡の背中をみつめる。店にいるときとは違い、やや丸められた背。そのせいで、なで肩に見える。ちっともセクシーじゃない。でも、あったかそうだ。闘う阿修羅は、誰に守られていたのだろう。いや、あのお方は神様だから、一人で大丈夫なのよね。でも、わたしは違う。顔は阿修羅でも、心はクマノミよ。自分にそれを認めたら、とたんに小郡の背中が恋しくなった。あれこそが自分に必要なもの。そんな気がしてきた。

ぼんやりしているうちに、ゲームはめでたく、ホークスの勝利で終わった。鈴枝は「やれやれ、やっと終わったか」の気分だが、ファンのたまり場だけにみんな晴々とした顔をしている。花見帰り組のうち、河合たち子供連れは帰り支度をし、居残りを決め込む者、三次会行きの声を掛け合う者とばらけてきた。小郡は帰るようだ。一人で出ていくのを確かめて、鈴枝はあとを追った。

「小郡さん」

背中に声をかけると、彼は振り向いた。

「あの、よかったら、アクアリウム、見せてもらえないかしら。この間、薫子さんと話してるの聞いて、わたしも見せてほしくなったから」

「ええ、でも」

小郡はちらりと腕時計を見て、ためらった。

「ご迷惑？」

薫子は連れ込んだじゃないか。そう思うと口惜しくて、阿修羅になりかける。それは、まずい。口角が下がらないよう、苦労して微笑みを作った。

「いや、その、本当に興味がおありなら、ちょうどアクアリウムの業者が来ますから、ちょうどいいかなと、その」

日曜の夜、それも九時過ぎ。普通、そんな時間に営業に来るか？

「その業者さんて、女の人？」

「……ええ」

小郡は気弱な上目遣いで肯定した。そうか。そういうことか。

「じゃ、わたし、お邪魔ね」

「いや、アクアリウムに興味がおありなら、彼女がお役に立つと思うので」

なるほど。客を紹介したいのね。

共生関係。反射的にその言葉が浮かんだ。

4

「イソギンチャクとクマノミ、いいわよ。薫子さん、おすすめ」

鈴枝は明るい声で、今夜もカウンターの隅でしどけなく頰杖《ほおづえ》をつく薫子に話しかけた。

「ね、小郡さん」

そう言うと、オレンジをスライスしていた小郡がちらっと顔をあげ、白い歯を見せた。

「小郡さんと仲良しの奈々子《ななこ》さんっていうプランナーに、コーディネイト頼んだの。水槽には岩組みと砂、それからチラッと珊瑚《さんご》もあって、南の海の底って感じ。なーんか、癒《いや》されるのよね。生き物の祖先は海から発生してるっていうから、そういう太古の記憶が刺激されるのかもしれない」

「ですね」

小郡は嬉しそうだ。同時に照れくさそうでもある。

「奈々子さんは若いけど、いい人よ。薫子さんも本気でやる気があるんなら、わたしに言って。紹介するから」

小郡とあんたの線は、ないんだよ。

鈴枝が言おうとしたことを、薫子は感じ取ったようだ。フンと薄笑いをうかべ、そっぽを向いた。

小郡のマンションに行ったら、すでに奈々子がいて、幅六十五センチの水槽の手入れをしていた。来たところなのか、朝からずっといるのか、それはわからない。

奈々子は化粧気がなく、長い髪をひとつにくくって、スウェットの上下を着ていた。平凡な顔立ちだが、鈴枝を見て決まり悪そうにもじもじ挨拶《あいさつ》する様子がいかにも世間ズレしてない雰囲気で、つい「よろしくお願いしますね」などと、猫なで声になってしまう。

ほら、やっぱりね。鈴枝は小さくため息をついた。容貌《ようぼう》十人並み。色気些少《さしょう》。でも、気立てのよさは百パーセント。こういう女が結局のところ、一番モテるのだ。

渡された名刺には『アクアリウム・プランナー相原奈々子』とある。挨拶や自己紹介は口ごもりがちだったが、パソコンで自分の店のサイトを開き、商品を説明する段になると饒舌《じょうぜつ》になった。熱帯魚店の娘で、親の跡を継ぐつもりだそうだ。今は主にネット展開を受け持っているという。イソギンチャクとクマノミについても、彼女に教えてもらった。

イソギンチャクとクマノミは、イソギンチャクにメリットのない片利共生だという説が一般的だが、奈々子は両方が助け合う相利共生説に賛成している。

「へんりきょうせいと、そうりきょうせい？」

鈴枝がオウム返しをすると、奈々子はメモ用紙に漢字を書いて説明した。

イソギンチャクの触手には毒があり、触手に近づいた魚をからめとって麻痺《まひ》させたのち食べるのだが、なぜかクマノミはその毒にアタらないのだそうだ。そして、クマノミが触手の上で動き回るのがマッサージ効果となって、イソギンチャクがリラックスするという。

「イソギンチャクがそう言ったわけじゃないから憶測なんですけど、実際、弱ってしぼみかけたイソギンチャクがクマノミを入れたら元気になったということが、よくあるんです。クマノミがイソギンチャクに餌を運ぶところも、よく観察されてます」

それから、小郡のアクアリウムでレッドビー・シュリンプと、シライトイソギンチャク&クマノミの様子を見た。奈々子と寄り添うようにしてのぞき込む背中に視線を感じ、そっと横目を使うと、小郡がニコニコとこっちを眺めていた。といっても、彼の視線がとらえているのは、夢中になってアクアリウムの説明をする奈々子だけだ。

鈴枝はぐっと唇を嚙み、イソギンチャクの触手の間を縫うように出入りするクマノミに目を凝らした。

奈々子の店の連絡先をもらい、引きあげる鈴枝を小郡が送ると言って、一緒に外に出た。夜道を二人で歩き出すとすぐに、小郡が「あの」と、言いにくそうに口を切った。

「薫子さんのことですけど、すごく後悔してるんです。途中で車に乗せようと思ったんですけど、道端に倒れ込んでしまいましてね。放《ほう》っておくわけにもいかず、うちでちょっと休んで、はっきりしてきたら帰ってもらうつもりで連れてきたんです。でも、こっちも疲れてたから、そのまま寝込んじゃって。で、朝、起きたら、薫子さんが……で、そのこと、奈々子ちゃんは知らないんで、その」

「わかった」

鈴枝は、みなまで言わせず、右手をあげた。

そんなことだろうと想像はしていたが、小郡にとって恥ずかしい失敗になっているのを確認して、気がすんだ。そして、バーテンダーという職業柄に似合わない小郡のあわてぶりに、ほっとすると同時に軽い失望感を覚えた。そのくせ、本当に好きな女にはそんな男だと思われたくない、格好つけたがりの、つまりは限りなく普通の男。

薫子は嫌いだが、小郡が無理やりやらされたみたいな言い方をするのは、潔くない。しかも、人には隠しておきたい恥の一件として片づけた。当然の報いと思いつつも、鈴枝は薫子に同情した。あんなやり方しかできない女もいるのだ。

「奈々子さんて、ずいぶん若いみたいね。いくつ？」

「二十八です」

くそ。やっぱ、若い女なのかよ。しかし、口はこう動く。

「そう。でも、小郡さんとお似合いだったわよ」

「いやあ、自分、四十のオヤジですから」

「だけど、付き合ってるんでしょ」

「ええ。まあ。でも、彼女にとっては単なる通過点ってとこじゃないかと」

「そんな子には見えないけどな。イソギンチャクとクマノミになれるかもよ」

「そうですかね」

　小郡は、嬉しそうだ。

　励まして、どうする。だが、年の差を意識して、彼女との関係に自信を持てずにいる小郡の悩みは、よくわかる。それに免じて、許してやる。

「へえ、次長、イソギンチャクと共生してるんですか」

　ビール一杯で赤い顔の内藤が、口を挟んだ。

「あんた、何聞いているのよ。共生してるのは、イソギンチャクとクマノミ。わたしはその二つをセットで飼育してるの。ほら、見なさい」

　携帯を開けて、待ち受けにしている我がイソギンチャク&クマノミの画像を内藤の眼前に差し出した。

　話の流れで、飼育することになってしまった。分割払いにしても、初期投資、お友達価格で三十八万円。今回の負け戦は、高くついた。まったく、三十五にもなって、何やってんだか。

「え、なに、これ」

内藤は手に取り、しげしげ眺める。

「なんか、よく見えませんよ」

「イソギンチャクにくるまってるでしょ、茶色と白の縞模様《しまもよう》が」

「あ、これがそうですか。次長、撮影、下手過ぎ。ピンぼけじゃないすか。携帯カメラの性能あがってるのに、これだけ下手なの、珍しいですよ」

「アクアリウムって、難しいのよ。なんか、ユラユラしてるから」

小郡がクスッと笑うのが見えた。まあ、いいや。

今までは、小郡がいる〈ブルームーン〉は鈴枝の隠れ家だった。でも、そこにはすでに棲《す》みついている先客がいた。ならば、きっぱりと思い入れを断ち切るのが、わたしという女でしょと、鈴枝は自分にハッパをかけたのだった。

だから、もう、一人では行きたくない。決意表明として、ただいま一番気の置けない舎弟の内藤を誘った。

アルコールに弱い内藤だが「僕は次長のファンですからね。お呼びとあらば、どこまでも」と、普段から言っていた通りにホイホイついてきた。

そうしたら、うまい具合に薫子がいたから、男連れのところを見せつけてやることもできた。かつ、小郡に彼女がいることをほのめかして、やっと、溜飲《りゅういん》を下げた。本来、求めた形とはかなり違うが、よしとしよう。人生、第二案で納得するのも大人の知恵というものだ。

あ、薫子がこっちの様子をうかがってる。内藤はいわば見せつけ用だが、取って食われるのは心外だ。心配になったので、顔を寄せ、小声で訊いてみた。

「ねえ、あの隅っこにいる女、あれ、名だたる男っ食いなのよ。どう思う？　あれに誘われたら、ついてく？」

内藤はちらりと薫子に目をやった。視線を感じた薫子は、素早く反応して例の表情で笑いかけた。内藤は泡が消えかけたビールのグラスを軽く掲げ、愛想のいい笑顔を返した。そして、笑顔のままで鈴枝に耳打ちした。

「遠慮します。コワイです。ああいうの、欲求不満のオヤジに任せたい」

「そうなの？　下半身に選択の余地はないんじゃないの？」

「次長、なんてこと言うんですか、失礼な」

内藤は鼻の穴をふくらませた。

「大好きな次長がいるのに、浮気するような男だと思ってるんですか。見くびらないでほしいなあ」

「あなたねえ。大好きとか浮気とか、軽く言い過ぎじゃない？　そういう関係でもないのに」

「僕はいつでもオーケーです」

「悪いけど、望みなし。あなたはただの、舎弟」

「それでもいいです。お慕いしてます。姐《あね》さん」

「ほんと、調子いいんだから」

うんざりを見せつけてやりたいが、鈴枝の口はどうしようもなく、ムフムフとほころぶのだ。やっぱ、女は言葉で喜ばせてもらわないと、しぼむぜ。

「イソギンチャクとクマノミの写真、僕ならうまく撮れますよ。今度、おたくにお邪魔させてくださいよ」

内藤はなおも、可愛くじゃれてくる。

「名前、ついてます？」

「イソギンチャクちゃんとクマノミくんよ」

「まんまじゃないですか。イソギンチャクちゃんなんて、急いで呼ぶと舌嚙みますよ。スーで、どうですか。で、クマノミがヒロ」

「なんで、ヒロよ」

「僕の名前が広巳《ひろみ》だから。で、イソギンチャクのほうが」

「わたしの名前？」

「その通り。せめて、名前だけでも先にカップルに」

「お断り」

内藤とのバカ話は、とても楽しい。息が合う感じで、リラックスできる。

スーとヒロ。それって、あり？

だめだめ、一時の迷いで間違ったら、あとあと後悔する。大体、部下と（それも十も年下！）できちゃったら、会社でなんて言われるか。

そんなことが気になるなんて、体面にこだわり過ぎ。でも、しょうがない。社内での体面をつい考えるのもわたしだし、舎弟には頼れないと意地を張るのもわたしだ。

あー、譲れない自分が恨めしい。

内藤にタクシーを拾ってもらい、手を振って別れた。

マンションに戻ると、留守番電話の再生もそこそこに、まずアクアリウムの前に行く。そんな習慣がついてしまった。そのうえ「ただいま」なんて、話しかけている。猫や犬みたいにお迎えしてくれないし、抱っこもできないのに。

でも、生きて動いているのを見ると、ほっとする。住空間に生き物の気配がある感覚を知ってしまうと、何もなかった頃には戻れない。

鈴枝は着替えるのも忘れて、四十五センチ四方の小さな水槽の前にしゃがみこんだ。イソギンチャクのベッドで、クマノミがまどろんでいる。

あのとき、奈々子はこうも言った。

「イソギンチャクにとってクマノミが果たす役割って、科学的には証明されてないんです。だけど、わたし、こう思うことがあるんですよ。珊瑚類は群生するけど、イソギンチャクは単独生活を送る生き物。だから、クマノミとの共生って、イソギンチャクにとってはペットがいるようなものなんじゃないかって」

単独で生活するイソギンチャク。定着型ではあるが、居心地のいいところを求めて時速数センチというスローモーションで、やっこらえっこら移動もするという。

だんだん、他人（て、人じゃないけど）と思えなくなってきた。

クマノミを起こそうと、餌を入れた。オキアミを一口サイズにちぎろうとしたのだが、手がすべってまるごと水中に落としてしまった。すると、クマノミが一目散にやってきて、オキアミの真ん中あたりをパクッとくわえ、イソギンチャクのところまで運んだ。そして、ぷっと吐き出し、イソギンチャクの口に送り込む。まあ、ケナゲ。でも、あとでお余りを食べるのよね。

小さくちぎった身を放り込んでみたら、またしてもクマノミがまっしぐらに突進してきて、一口で呑《の》み込んだ。今度はイソギンチャクに見向きもせず、もうないのかとばかり、水面近くをウロウロする。

ヒロめ。気まぐれなやつ。

小さく吹き出してイソギンチャクに目をやると、スーは静かに白い触手をゆらめかせている。とても、マイペース。

あるかなきかの相利共生。自分の性に合うのは、ただ守られることではなく、こっちのほうだと鈴枝は思う。

恋より愛を

1

サギソウ。ヒルガオ。ナンテンハギ。マツヨイグサ。ハンゲショウ。ヤブカラシ。イヌホオズキ。カラスウリ。イタドリ。ツボサンゴ。ツユクサ。ササユリ。

色も形もおとなしく、人目につかない小さな花々のひとつひとつに、ちゃんと名前がある。それも、バラや蘭《らん》につけられるような「ミス・ナントカ」みたいな派手派手しいものではなく、実に可憐《かれん》だ。そのことに、名前をつけた植物学者たちの野草への愛情が感じられる——。

などと、いっぱしのことを考えている鈴枝だが、実を言えば、これらの花の名前を聞いたのは、ついさっきだ。しかも、すでにどれがサギソウで、どれがハンゲショウなのか、判然としなくなった。

とにかく、野草である。約三十坪の庭は野草と雑木で構成した人工のナチュラル・ガーデンだ。視線の先には、明治時代に建てられたものを注意深く復元した建坪百二十の二階建て木造屋敷がある。

個人住宅だが、現在の主人が先祖代々受け継いだ家を有効に生かしたいと入念に手入れをし、貸しスペースに供している。

とはいえ、金銭目的ではないので、借り手の人品骨柄《じんぴんこつがら》や開催するイベントの趣旨が、主人の胸三寸のふるいにかけられる。

鈴枝はネットでみつけたブログを読み込み、言葉を尽くして、主人の人柄、庭の趣味のよさをほめあげ、一日貸し切りの契約を取り付けた。

台所は使わない。私室をのぞかない。清掃、ゴミ処理はこちらの責任。それが条件の貸し切り料五万円は、宴の参加者から集めたご祝儀で十分まかなえる。


庭の木陰に立つ鈴枝の位置から、ガラス戸越しに大広間が見える。そして、細長いテーブルの中央に座り、所在なげにキョロキョロする喜世美の姿。

銀色のカチューシャで留めつけた白いベール。スクエアカットの襟《えり》ぐりでノースリーブ。上腕部まで覆う長い手袋。ウエストに共布のサッシュベルトを巻いただけの超シンプルなドレスは、サテン地の白が薄曇りの空から届くぼんやりした陽光を吸い込んで、真珠のように鈍く光っている。

「いいですね。あのドレス」

片手にシャンパングラス、片手にポテトチップスを持った翔子が、傍らでぼそっと言った。

「質素な感じがイタリアあたりの田舎の結婚式みたいで、可愛《かわい》いですよ」

田舎風で悪かったわね。

デザインした鈴枝は、翔子の雑な発言に気を悪くしたが、ほめているのだからよしとしよう。

「質素な田舎の結婚式風だから、翔子ちゃんのその格好でもオーケーなのよ。ありがたいと思いなさい」

皮肉を飛ばしてやると、ベージュのカットソー上下に赤いニットのボレロという、部屋着に毛が生えたようなスタイルの翔子は「でも、これ、シルクですよ」と、大きく出た。

「それに庭に出るんだから、これで正解ですよ。矢代さん、大丈夫ですか。足袋と草履、汚れますよ」

なんと、負けずに言い返してきた。

鈴枝は和服である。渋めの綸子《りんず》で、礼装と呼ぶにふさわしいものか、詳しくないから自信がないが、滅多に着物を着ない世代の鈴枝にしてみれば、帯を締めること自体、気合いが入っている証拠だ。

足元を見れば、白足袋はともかく、おめでたい黄金色の草履が土で汚れている。だが。

「いいわよ、そんなこと。それより、ここから、こうして、ウェディングドレスの田之倉ちゃん見てると、なんか感慨深いじゃない？ 翔子ちゃん、最初は手伝うのイヤそうだったけど」

「そんなことないです。戸惑っただけですよ。それに、わたしはケータリングの情報集めたり、案内状作ったりしただけだもの。矢代さんは会場決めるわ、ドレス発注するわ、総合プロデュースしちゃいましたからね。着物だし。花嫁の母って感じじゃないですか」

「まさか。本当のお母さんがいらっしゃるのに、不謹慎よ」

確かに達成感はあるし、喜世美の幸せを願ってはいるが、花嫁の母並みとはとても言えない。

翔子言うところの、質素で田舎っぽいウェディングドレスは、花嫁衣装なんて恥ずかしいから着ないと言い張る喜世美を説得し、鈴枝がつてをたどって作らせたものだ。

「次はわたしが着るから、経費は半分こね。すんだら、ちょうだい」と喜世美に言ったのは、自分の好みを思うさま盛り込んだ罪滅ぼしだが、喜世美は真に受けた。

「クリーニングに出してから、渡すね」と真面目《まじめ》に言われて、鈴枝はあわてた。

着る予定のないウェディングドレスがクローゼットにあるなんて、不吉で気持ち悪いので「そのときまで、預かっておいて」ということで話が収まったのだが、果たして「そのとき」は来るのだろうか。

ドレスを着たい気持ちはあるが、結婚そのものには魅力を感じない。

二十代半ばまではぼんやりと、結婚はするものだと思っていたが、少ないながら付き合った相手とはいつも、結婚をどうこう考える以前に、今現在、好きか嫌いかをはかり合う闘争に終始した。

三十五を過ぎると、自分は果たして結婚できるのかで悩むというが、鈴枝は別に結婚にこだわらなくてもいいんじゃないかと思っている。

これは、大人になった証拠か。シングルが一番楽しい時期を謳歌《おうか》しているだけのことなのか。

喜世美の結婚披露宴をなんとかしたいと思った途端、ネットで見た貸しスペースの情報を思い出した。

あそこでやってみればとひらめき、思いついたら仕切りたい持って生まれた性分で、ここまで突っ走ってきた。

自分がかくも喜世美の結婚披露に熱心なのは、企画を実現するプロセスに熱くなる仕事人魂のせいだ。それだけだと、鈴枝は自分に言う。

ほら、見てごらん。

郊外の屋敷を塀の外から見たら、ここで結婚披露宴が行われているなんて、誰も気付かない。

集まっているのは、喜世美の家族と花婿勝山亮《かつやまりよう》の家族。そして二人の友人たち、合わせて十五人ほどだ。

みんなプライベートな付き合いで、喜世美の職場の人間はいない。亮のほうは、模型店経営というマニアックな仕事柄、仕事仲間と友人がダブっている。

喜世美はウェディングドレス。亮は貸衣装の羽織袴《はおりはかま》(一度着てみたかったのだそうだ)。そして、二人の間に蝶《ちよう》ネクタイが愛らしい五歳の男の子、龍太《りようた》が座っている。最初のうちは神妙にじっとしていたが、広い庭に放たれた二匹の柴犬《しばいぬ》に気をとられ、許しをもらって、遊びに行った。

今は、雑草(正確には、グラウンドカバープランツだが)に覆われた地面にぺたりと座り込み、犬とたわむれている。せっかくの正装が泥だらけだが、誰もやめさせようとせず、それどころか、父親の亮も袴の裾《すそ》を汚し放題にして一緒に遊んでいる。三十六歳といえば、鈴枝より一つ年上だ。だが、限りなく頼りない。

「いい披露宴になりましたね」

鈴枝の背後から声をかけたのは、亮の兄の勝山雄高《ゆたか》だ。

「矢代さんには、いろいろお世話になりました。うちのほうが役立たずばっかりで、本当に申し訳ないです」

「いいえ。楽しかったですよ。根っから、仕切り屋体質なものですから」

「リョーキヨ結婚プロジェクトのリーダーでしたからね。見事な仕事ぶり、感服してます」

「でも、段取り決めただけですもの。大変なのは、喜世美さんですよ」

「うーん」

雄高は腕を組み、二人を眺めて唸《うな》った。

「大丈夫ですよ、と言えないところが、亮の家族としては情けないです。僕らも大変な思いをしたから、この結婚を機に、過去はきれいにリセットしてもらいたいと思ってるんですがね」

「うーん」

鈴枝も、雄高と同じように唸るしかない。喜世美の結婚は、前途多難なのである。

2

何もかもが、不意打ちだった。

三カ月と三週間前、三人の女はいつも通り、ランチタイム・トークに興じていた。人に優しくない地球の温暖化加速、並びに、投機筋の暗躍による世界不況を憂える、ごく社会派の会話をやりとりし、コーヒーを半分飲み終えた頃、喜世美がもじもじと口を切った。

「えっと、あのねえ。どうしようかと思ったんだけど、隠すのもなんだから、二人には一応言っとくね。わたし、結婚するの」

「ウプ」

「イ!?」

コーヒーにむせたのは鈴枝で、奇妙な声を発したのは翔子である。

普通、こういう場合に言う言葉はひとつだ。

おめでとう。

しかしながら、二人ともとっさにその言葉が出なかった。

ウソ。なんで。ヤだ。そんな風に見えなかったのに、まるでだまし討ちじゃない――と、鈴枝は思った。

翔子の心の声は、いやいやいやいやいや、オドロキモモノキサンショノキ、である。

「ごめん。びっくりした？」

喜世美は申し訳なさそうに、首を縮めた。

「ああ、ごめんごめん。おめでとう。よかったじゃない。だよね」

そこは年の功で鈴枝が素早く態勢を立て直し、最後の言葉を翔子に振った。しかし、翔子は正直だ。

「田之倉さん、いきなり過ぎですよ。彼氏いたのも、知らなかった」

「彼氏っていうんじゃないのよ」

喜世美は亀《かめ》のように首をすくめたまま、あわてて否定した。

「じゃ、何よ。見合い？」

鈴枝はついつい、問い詰め口調だ。

「そうじゃなくて、出会いは偶然なんだけど、いろいろあって、その」

うつむいて、イジイジと言葉を濁す。

「田之倉ちゃんらしくないねえ。言いたくないような後ろ暗い結婚なわけ？」

はっきりしないのが嫌いな鈴枝は、きついことを言った。

「何も聞かずに、おめでとうだけ言えばいいの？　それなら、そうするよ。ねえ」

またも翔子に振ると、翔子はカップに残ったカプチーノのクリームをかきとりつつ、

「はい。おめでとうなのでした」と、適当な返事をした。他人の恋愛だの結婚だの、そういう話に首を突っこむのは、ごめんこうむりたい性分なのだ。

喜世美はわずかに唇をとがらせた。

「ごめん。わたしたちって、プライベートなこと、ほとんど話題にしないじゃない。だから、わたしの結婚話なんて聞くの、うっとうしいかなって思ってさ。後ろ暗いってわけじゃないけど、ちょっと、複雑なのよね。相手が子持ちなもんで。仕事は続けるから、職場では田之倉で通すつもりなのよ。だから、表面上は何も変わらないけど、子供がまだ五歳だからさ。いきなり、五歳児の母親やるわけだから、幼稚園の送り迎えとか、小学校のこととか、急に今までとは違う用事をすることになって、そういう、なんていうか、所帯くささは出てくると思うし、どうしても、そういう愚痴をつい、しゃべっちゃったりすると思うのよね。だから、ある程度は予告しておいたほうがいいかなとか、まあ、いろいろ考えがあっちこっちして。アハハ」

一気にしゃべり、空笑いで締める喜世美の明らかな混乱ぶりが、何はともあれ、ことの大変さを物語っている。鈴枝も翔子も、まじまじと喜世美をみつめた。

「えっと、つまり、五歳の子持ちと付き合ってたってこと?」

鈴枝の頭に即座に浮かんだのは、不倫である。喜世美が不倫。人は見かけによらぬものだ。

「付き合ってたっていうか、その子がいるから結婚することになったっていうのが真相かな」

開いた口がふさがらない二人を見て、喜世美は手短に経緯を説明した。

いわく、三カ月前の三連休の初日、喜世美がフロア主任を務めるコンタクトレンズ販売店に、小さい男の子が迷い込んできた。

喜世美は、名前やどこから誰と来たのかなど質問したが、すくんでしまって何も答えない。そのうち、首からさげたキッズ携帯が鳴った。

子供が出ないので、かわりに喜世美が電話を受けると、男の声が「リョータ、どこだあ」と泣かんばかりだ。喜世美が場所を告げると、ほどなく三十代くらいの父親が駆け込んできた。黒縁の眼鏡をかけ、子供と同じようにリュックサックを背負い、汗に濡《ぬ》れた癖っ毛が額や首筋でちりちりと縮れていた。

男は模型を扱う商売をしており、折しも同じビル上階の多目的ホールで開催中の模型とフィギュアの展示会初日に、子連れで参加していたのだった。

そのときは、お礼を言われ、「バイバイ」と手を振って別れた。

だが翌日、今度はリョータなる男の子が、自分から喜世美の店をのぞきに来た。展示会は三日連続なので、毎日来ているらしい。

そして、クレヨンで描いた絵を差し出した。茶色の髪と赤いおちょぼ口、黒い小さな丸からコンマの形のまつげが二本出ているところを見ると、描かれているのは女性像で、つまりは喜世美の顔なのだろう。

それでも一応、「これ、わたし？」と訊《き》くと、黙って頷《うなず》く。

「ありがとう。大事にするね」

そう言うと、子供はニカッと顔中で笑い、駆けだしていった。

展示会最終日には昼前に父子でやってきて、よかったら一緒に昼食を食べないかといろ。リョータになつかれたのが嬉《うれ》しい喜世美は、子供向けのメニューがあるファミリーレストランに出かけた。


「それが、きっかけでね」

喜世美はそこまでで、話を打ち切った。

それきり黙ってしまったので、翔子が問いかけた。

「てことは、田之倉さん、そのリョータくんに一目《ひとめ》惚《ぼ》れされちゃったわけだ」

「どうなんだろ。子供扱いがうまいとは思えないんだけどね。最初に相手したときも、普通に子供に話しかける調子で、お名前は、ママと一緒に来たの、とか猫なで声でやっただけだし。どこがどう気に入られたのか、全然わかんない」

「でも、その子の母親になろうと思ったんでしょう。そう言ったじゃない」

話を系統立てて整理し、事態を把握したい完全主義者らしく、鈴枝が眉間《みけん》にしわを寄せて喜世美の言葉を蒸し返した。

「だってさあ、なんか不憫《ふびん》なのよ。実の母親というのが産んだだけみたいな人で、ほとんど育児放棄状態だったらしいの。だから、母親が欲しかったんじゃないかな」

「だからって、会ったばかりの田之倉ちゃんを母親に見立てるっていうのはさ」

納得しかねて、鈴枝は頬《ほお》をふくらませた。

男と女の一目惚れなら、わかる。常にお相手探しのアンテナを立てている者同士だからだ。でも、五歳の子供が自分で母親候補をスカウトするなんて、ありか⁉

「田之倉さん、自分でも意識しないうちに、その子のツボにハマる何かを言うか、したか、したんですよ。それに田之倉さんだって、迷子の世話しただけで一気に結婚ですもん。何か、バチッと来たんでしょう？」

翔子が珍しく、わかったようなことを言った。

「うーん」

喜世美は目を天に向けて唸り、白状した。

喜世美はもともと、小さい男の子に弱い。動物好きが犬や猫に目を細めるように、喜世美は男児に萌《も》える性癖がある。

迷い込んできたときの龍太は、ぶかぶかのドジャースの野球帽をかぶり、クマのプーさんのリュックを背負っていた。父親を待つ間、店のソファに座らせたのだが、床に届かずブラブラさげた足に履いたマジックテープ付きの青い子供靴の小ささにまた、ぐっと来た。

そばに座り、肩を抱くようにして話しかけると、汗の匂《にお》いが鼻をかすめる。幼い子供の汗の匂いは、青い感じで臭くない。

「胸がキュンとは、したのよね」

喜世美の告白に、翔子が「それ、ちょっとアブナくないですか」と、失礼な疑問を呈した。

「小さい子供を可愛いと思うのは、健全な母性本能よ」

鈴枝は翔子をたしなめ、返す刀で喜世美に問いかけた。

「だけど、結婚まで考えるからには、父親のほうも田之倉ちゃんの好みにあったわけでしょう」

「まあね」

子供を見失ってアタフタする様子を、喜世美は「可愛い」と感じた。模型店を経営しているおたくらしく、本人も十分、子供っぽい。

「田之倉ちゃん、成長できない男まで可愛がっちゃうの。それこそ、アブナいよ。あとで、後悔するよ」

「だって、可愛いって思っちゃったんだもの。まあ、彼のことはいいのよ。いても、邪魔にならないから。それより、龍太よ。おじいちゃん、おばあちゃんに面倒見てもらってるから、まったくひとりぼっちってわけじゃないけど、年寄りは体力ないから、あちこち連れていってあげるわけにいかないのよね。ディズニーランドも、本物の海も行ったことないって聞くと、つい、じゃあ、今度一緒に行こうか、とか言っちゃってさ」

けっこう、ウキウキしている。まるで、初めてボーイフレンドができた中学生みたいだ。鈴枝は心配になった。

「あのさ、男の子はとくに、小さいうちは可愛いけど、成長したら別物だよ。ちゃんと、そこまで考えてる？」

喜世美は頷いた。

「それは、わたしも考えた。でも、逆に言うと、龍太は今、母親を必要としてるのよ。だったら、その間だけでも、いてあげたいと思って」

「ちょっと、それって」

鈴枝は絶句した。

優しいようでもあり、めちゃめちゃ甘いとも言える。そんな自己満足に近い、一時の思いつきで決めて、いいことなのか？

「いいんじゃないんですかあ？」

翔子が、きわめて大雑把に口を挟んだ。

「男の子萌えの田之倉さんと、手頃な母親が欲しい子供。多分、お父さんも母親やってくれる人が欲しかったと思いますよ。需要と供給がぴったり一致で、おめでたいじゃないですか」

「うーん。そうだねえ」

鈴枝は腕を組んで、下唇を突き出した。

考えてみれば結婚なんて、出来心や思いつきでするものではないか。鈴枝は考えすぎるから、縁遠いのかもしれない。喜世美の奇妙な動機を危ぶむのは、余計なお世話というものだ。

気を取り直した鈴枝は、姿勢を正して声を励ました。

「田之倉ちゃん、おめでとう。母親業、頑張って」

「うん。ありがとう」

それで、話は終わり。お開きになるはずだった。

だが、食べ終えた皿やカップを返却用に整理しつつ、翔子が結婚式について軽く訊いたのが、いけなかった。

「結婚式は、しない」

喜世美は立ち上がりながら、あっさり言った。それだけなら構わないが、続けてぽろりと言ったことに、鈴枝がひっかかった。

「事情が事情だからね。あんまり盛り上がると、前の奥さんを刺激しちゃうから」

「なによ、それ」

鈴枝は座ったまま、厳しく突っ込んだ。

「自分の子供をネグレクトしたような女でしょう。なんで、田之倉ちゃんがそんなのに遠慮しなけりゃ、いけないの」

「遠慮っていうか、わたし、別に結婚式やウェディングドレスに思い入れ、ないから」

「ご両親は、どうなの。娘の花嫁姿は見たいでしょうよ。それでなくても、バツイチ子持ちの男とたった三カ月の付き合いで結婚するなんて、親からしたら不本意だろうに」

「親は龍太を可愛がってるし……」

喜世美の声が小さくなり、くたくたと椅子《いす》に座り込んだ。トレイを持って歩きかけていた翔子も、行きがかり上、戻ってきて腰掛けた。

「何もなしというのはわたしが可哀想《かわいそう》だって、お母さんがちょっと泣いたりはしたのよ。でもねえ、前の奥さん、再婚のこと知ってて、ちょっとヒステリックになってるし。なんといっても、実の母親でしょう」

「ダメよ、田之倉ちゃん。身内や親しい人たちだけでも集まってもらって、ちゃんとお披露目しなさいよ。わたしも、豪華結婚式はバカらしいと思ってるほうだけど、でも、やっぱり、人生の一大イベントじゃない。なしくずしに同居になだれこむのも、それはそれでいいかもしれないけど、わたしは経緯聞いちゃっただけに、田之倉ちゃんの花嫁姿見たいよ。第一、前の奥さんのこと気にするなんて、口惜《くや》しいじゃない。田之倉ちゃん、もっと堂々とすべきよ」

育児放棄という形で自分から捨てた夫と子供が、他の女と幸せになるのが許せないなんて、そんな女、大根おろしでゴリゴリすり下ろしてやりたい。

鈴枝がムキになった最大要因は、身勝手女への怒りなのだった。

「でも」

なおも躊躇《ちゅうちょ》する喜世美の弱腰が、鈴枝の闘争心に火をつけた。

「じゃあ、こうしよう。派手にならず、身内だけでこっそりやるシークレット披露宴ならいいでしょう。いい場所、知ってるのよ。わたしが面倒見る。翔子ちゃんも手伝うよね」

「え、うん」

鈴枝の勢いに呑《の》まれたという体《てい》で、翔子はとりあえず同意した。

「でも、勝山さんに相談してみないと」

「そうして。早くね」

ぼんやりしている二人を残して、鈴枝はぱっと立ち上がった。

「グズグズしてちゃ、ダメよ。会って三カ月で結婚決めた二人でしょう。そういう流れなんだから、さっと一気にやっちゃいましょう」

こうして、リョーキヨ結婚プロジェクトがスタートしたのであった。

3

リョーキヨ結婚プロジェクトという名称をつけたのは、新郎、亮の三歳年上の兄、雄高である。

鈴枝の提案を喜世美が亮に伝え、亮に相談された雄高が、それなら新郎側からも一枚かみたいと乗り出してきたのだ。

携帯を経由した紹介を経て、こういうことは新郎新婦抜きで話し合うものだからとレストランの個室で顔合わせをしたのが、喜世美の結婚話を聞いた五日後のことだった。

新婦側は、仕事帰りの鈴枝と、仕事を抜けてきた翔子（だから、ぼさぼさ頭にヨレヨレ服、寝ぼけ顔である）。新郎側が、兄の雄高と、亮の模型店でアシスタントをしている粉川《こながわ》という男だった。

雄高は鉄道ファンで、世界の鉄道に乗るのを生き甲斐《がい》としている。そこで撮った写真や紀行レポートを売って金に換えているが、ブログでその種のネタを売り物にしている素人がゴロゴロいる昨今、それだけで食べていくには、まったく不十分だ。

「だから、宅配便の請負をやってるんですよ。力仕事だから、いつまでやれるかわからない。この年で先行き不安ですからね。最低の野郎です」

日焼けが定着して、漁師のような赤っぽい肌をしており、トレーナーの上からでも発達した筋肉がうかがわれるアウトドア派だ。

その隣にいる粉川はなで肩で、華奢《きゃしゃ》だ。終始ニコニコして感じはいいが、三十を過ぎて模型店アシスタントという立場に安住している様子からすると、人畜無害のミニチュアおたくと思われる。なにしろ、ピンクパンサーのTシャツにチェックのオーバーシャツという高校生みたいな出《い》で立《た》ちで、翔子といい勝負である。

さて、その場で一番雄弁だったのは雄高だった。

「僕はまず、お二人に礼を言いたいです」

無骨に頭を下げた。

「弟の前の結婚は、そりゃあ、ひどいものでした。助けてやれなかったのを、家族としてすまないと思ってました。弟はともかく、何の罪もない龍太はのびのび育ててやりたい。そう思ってたところに、喜世美さんの登場です。で、最初に正直に言っておきますが、弟は前のと完全に切れているとは言えません」

鈴枝と翔子は、同時に目をむいた。雄高は文句を遮るように、再び深く頭を下げた。

「そのことは多分、喜世美さんもご承知だと思います。結婚の話を二人から聞いたとき、僕が言いましたから。亮は、もう終わったと言ってますがね。前の妻というのが、問題の多いやつでして」

雄高が語った事の真相とは、こうである。

真衣《まい》という女と、亮が付き合い始めたのは八年前。亮が二十八歳でサラリーマンをやめ、貯《た》めた金で主にネットで展開する模型店を開いた頃のことだった。三つ年下、当時二十五歳の真衣は派遣社員として、亮が勤務していた旅行代理店の窓口業務を務めていた。会社の同僚だったときは、あまり接点がなく、たいした興味も持っていなかった。しかし、真衣は送別会に参加して、三次会までついてきた。

そして、散会後にあとを追ってきて、「このまま会えなくなるのは、寂しい」と、向こうから漏らした。

「そのときの目つきが、すごかったんだそうです。なんかこう、濡れ濡れしてたって、弟は言ってました。酔ってたうえに、そんな告白されたことなかったから、急に盛り上がったらしくて」

「うー」

鈴枝は歯ぎしりした。いるぞ、そういう男食い女。

電光石火の早業で艶出《つやだ》しリップグロスを塗りたくり、一、二の三で涙ぐむ、世に言う「恋に生きる女」。相手が男なら誰でもいい、フェロモンだだ漏れ女。そして、その濡れた眼差《まなざ》し濡れた唇に、男は手もなくひっかかる。

バカ！

声に出さず、心で毒づく。

しかし、亮の中で火がついたのは下半身部分で、相思相愛の大恋愛ということでもなかった。つかず離れずというか、腐れ縁というか、ダラダラした付き合いが三年続いた。亮の商売が不安定で、その間、親がかりだったせいもあるだろう。しかし、オーソドックスなジオラマや乗り物模型だけでは限界があると、ちょいと手をつけたフィギュア販売が当たって、少しずつ軌道に乗るようになった。実家では手狭になったので、オフィス兼倉庫としてマンションを借りたあたりから、真衣がじわじわと結婚を迫るようになった。

結局、妊娠が背中を押す形になり、身重の花嫁と、それなりに嬉しそうな花婿は、軽《かる》井沢《いざわ》の教会で厳粛な式を挙げた。

「げ、軽井沢の教会」

翔子が思わず、口を出した。

「あれですか。信者でもないのに、牧師さんに、神の前で誓いますか、かなんか言われて、英語でアイ・ドゥと答えて、ウェディングベールをあげて人前でキスする、あの恥ずかしい、やーらしい、あれをやったんですか」

「やったんですよ」

雄高は渋面で頷いた。

「英語はなしでしたがね。日本人の、それも営業牧師ですから。真衣は本当は、ハワイあたりで英語でやりたかったらしいけど、つわりがひどいんで飛行機は無理だろうと。本人はどうしてもと粘ったんだけど、なにしろ、興奮するとすぐゲーゲーやる始末だったから。でもね」

結婚式は交通費がかかることもあり、家族だけだった。勝山のほうは両親と兄の雄高。母子家庭の真衣は母親。それだけのこぢんまりした式でそれはそれでよかったのだが、地元のホテルで開いた披露宴で、勝山家の全員が真衣に違和感を抱いた。

出席者が母親と、友達だという三人の女たちだけだったのだ。その女たちは派手に着飾り、かたまってキャーキャーしゃべってばかりで、真衣を祝う様子がみじんもない。

亮のほうは、それらしいフォーマルウエアに身を包んだ親戚《しんせき》をはじめ、模型好き仲間がかなり集まった。

真衣は文金高島田やら、振《ふ》り袖《そで》やら、ティアラをつけたお姫様コスプレやら、つわりはどこへやらのお色直しで出たり入ったり。タキシード一本槍《いっぽんやり》の亮は、金屏風《きんびょうぶ》の前で所在なく料理をパクつくばかりだった。

その後、親への花束贈呈で真衣は盛大に泣き崩れ、勝山家もこれには涙を誘われて、披露宴は普通に盛り上がり、終わった。夫婦はそのまま、北海道に新婚旅行に向かった――。

「でも、旅行から帰ってきた亮が、妙にげっそりしてましてね」

迎えに行った雄高は驚いたが、一応「やり過ぎかよ」と兄弟らしい軽口を叩いた。すると亮は「なんにもしてないよ。真衣の具合が悪くてさ」。

頭が痛いから頭痛薬をくれ。足をマッサージしてほしい。アイスクリームしか喉《のど》を通らないから、買ってきてくれ。眠れないから、お話を（！）してちょうだい――。

亮が熟睡するのが許せないらしく、うとうとしかけると起こされる。おかげで、ろくに眠れなかったそうだ。

帰ってくるとすぐに真衣は、具合が悪いので子供が生まれるまで実家で面倒を見てもらうと言い出した。体調を楯《たて》にとられては仕方ない。子供のためだ。亮は言い分を呑んだ。

結婚を機にローンを組んで買ったマンションは、真衣の好みで選んだものだった。そこで亮は、仕事三昧《ざんまい》の生活に戻った。場所が変わっただけで、独身時代と何も変わらない。それはそれで、快適だった。

真衣からは毎日、電話がかかった。「寂しい」「会いたい」「そばにいてほしい」と甘える。それでは、会いに行こうかと言うと「でも、来てもらっても、何もできないから」と、暗に断るのだ。訳がわからない。しかし、亮は受け流した。

結婚したというのに、真衣の不在が気にならない。そのことに、罪悪感を覚えたからだ。真衣のしたいようにさせてやろう。こっちには、なんの不自由もないのだし。

子供の誕生を知らせてきたのは、真衣の母親だ。亮は病院に飛んでいき、くしゃくしゃした赤ん坊が、風船に空気を入れるようにみるみるうちにふくらんで人間らしくなっていく様子に目を見張った。

こうして、真衣と龍太（命名したのも真衣だ）はようやく、新居に戻ってきた。

しかし、真衣は産後の体調不良を理由に、寝てばかりいる。おっぱいもろくに出ないというので、亮はミルク作りに追われた。勝山の両親や雄高まで育児に参加し、真衣はだらだらと寝て過ごした。

模型好きの亮は、小さくて精巧な赤ん坊に夢中になった。もともと、模型やジオラマを作る手は器用で、細かい作業の手間を億劫《おっくう》がらない。

亮は仕事場から帰ると、すぐに龍太の顔を見に行った。ときには、仕事場にまで連れていく。真衣は、それを見とがめた。

わたしと龍太と、どっちが大事なの。

そう詰問されて、亮は仰天した。

どっちって、そんな。二人の子供じゃないか。

わたしがいなかったら、この子はこの世にいなかったのよ。この子より、わたしを大事にすべきでしょう。それが愛するってことでしょう。

亮は当惑したが、産後の母親が情緒不安定になるというのを、父親教室（最近はこういうのがある）で聞いた。だから、それからは帰宅するとまず、真衣のご機嫌を伺い、頃合いを見はからって、龍太をあやしに行くようになった。

だが、父子で笑ったりすると、それが真衣の気にさわる。

何かというと泣きわめく真衣を、亮は持て余した。

「そういう毎日だったということを、亮が僕らに打ち明けたのは、二年も経《た》ってからなんですよ」

雄高はため息をついた。

「見るからに消耗してるんで、気にはなってたんですけどね。真衣がこっちの干渉を嫌がるのは知ってましたし、夫婦のことだから二人で解決するだろうと、まあ、良識を働かせたわけですが」

真衣の言動のすさまじさは、良識をわきまえる、ごく健全な勝山家には想像できないものだったのだ。

真衣は半年以上も産後ブルーを言い訳に寝てばかりいたが、龍太が一歳になる頃、誕生日パーティーに手作りケーキを焼いた。写真を撮り、ビデオをまわし、子供そっちのけで大はしゃぎをしたが、それで疲れたと三日も寝込む始末だ。

かと思うと、ひんぱんに外出しては子供用の可愛らしい洋服や持ち物を山のように買い込んでくる。家族の写真も、やたらと撮りたがった。それもスナップではなく、ちゃんとした写真スタジオで撮影するのだ。亮はその度に、真衣が選んだこざっぱりした服に着替えなければならなかった。

だが、龍太の面倒は相変わらず、見ないのである。龍太は、勝山の両親が預かる事が多くなった。たまに、勝山家に用事があり、預からない日が続くと、その次会ったとき、抱き上げると、プンと匂った。風呂《ふろ》に入れていないらしい。身体《からだ》に虐待を受けているような傷がないことだけが、救いだった。

だが、二歳になり、感情表現ができるようになった龍太が、預けられた勝山家から自分の家に帰るのを嫌がるようになった。ママがお迎えに来るよと言うと、うつむいて身を固くするのだ。

これは、おかしい。

勝山家は、真衣におおいに違和感を抱いていた。疑ってもいた。だから、ついに決心した。そして、亮を呼び出し、一体どうなっているのか問いつめた。

それでなくても亮は、家族と疎遠になっていた。いつもピリピリしており、話しかけても上の空で、早く帰りたがるのだ。真衣が心配するからと。

龍太のことを考えろと言われて、ようやく、亮の重い口が開き、そこからは一気に真実が明かされた。

真衣が龍太に嫉妬《しっと》する。だから、亮は思いきり、龍太を可愛がれない。

それは、おかしいだろう。それでも父親か。

雄高が責めると、亮は目を伏せた。

そう思うのだが、真衣を前にすると……。


「恋に生きる女のエネルギーは、獲物を呑み込むウワバミ並みだからなあ」

鈴枝が吐き捨てた。そして、男二人に向かって解説した。

「男と向かい合うと、コロッと人格変わる豹変女《ひょうへんおんな》。自然にそうなるところが、怖いんですけどね。とにかく、男を意のままにするためには、なんだってやりますよ、そういう女は。また男が、あからさまな好きよ好きよ攻撃に弱いのよね」

嘆くと、横で翔子が「ふーん」と感心した。

「女は、好きでもない男の好きだ好きだ攻撃には鳥肌立つもんですけどね」

「翔子ちゃん、甘いよ。普通の女は、そう。でも、恋に生きる女は、この世のすべての男を振り向かせることに生命《いのち》賭けてるからね。見境ないよ。相手がちょっとでも気を許したら、どーっといくよ。何人でもオーケーなんだから。一人だけじゃ、物足りないんじゃない？　スペア用意しとかないと」

「ひぇー」

翔子はたまげたが、雄高が頷いた。

「真衣も実は、結婚してからも他に男がいたんですよ。だから、協議離婚が成立したんです」

「ひゃー」

翔子がまたまた嘆声をあげ、なぜか向かいに座った粉川と驚きの眼差しを交わし合った。

亮に離婚を決意させ、龍太を連れて勝山家に戻るよう説得するのに、一年かかった。

そして、亮名義のマンションに居座り続ける真衣に離婚話を持ち込んだが、無論、抵抗された。

恥も外聞もなく、ほうぼうに相談しまくった結果、有能な弁護士を探し当て彼の勧めで真衣の身辺調査をした。その結果、育児放棄と不倫の証拠をつきつけて離婚を承諾させるまで、さらに二年かかった。

「慰謝料なし、親権はこっちがとる、真衣が龍太にコンタクトをとるときは、必ず亮と第三者が立ち会うとかの条件を全部呑ませるのが大変でしたがね。死ぬとか言い出すし。実際、リストカットのあとも見せられたし、うつ病の診断書も出してきて、大騒ぎでしたよ。経験のある弁護士がいてくれなかったら、とてもじゃないが、防ぎきれなかった」

「結婚も怖いですね」

粉川が呑気《のんき》な顔で、すらっと口を挟んだ。雄高は苦い顔で続けた。

「多いらしいですよ、真衣みたいな、思い込んだら命がけみたいなケース。暴力をふるうストーカー男ばかりが話題になりますけどね。どっちも一種の心の病気だと言うけど、とても同情できないなあ。疲れました」

そんなところに、喜世美が現れた。

勝山家は、両親と一緒に挨拶《あいさつ》に来た喜世美の普通さに安堵《あんど》した。むしろ、出会って三カ月という短さ、そして初婚だということに恐縮したが、喜世美の両親ともども話し合いで(喜世美の親は、龍太にほだされたそうだ)、ありがたくご意向を受けると決まった。

しかし、式はしないというのを喜世美の両親が寂しがっているのは察せられたので、鈴枝たちの申し出に目の前が明るくなった。

「前の結婚は全部、真衣主導だったんですよ。だから、今度こそ何かしてやれるのは、嬉しいです」

ということで鈴枝が提案した、個人住宅を借りての手作り披露宴、リョーキヨ結婚プロジェクトは粛々と進行したのだった。

4

暦の上では晩夏だが、地球温暖化のせいで亜熱帯と化した二十一世紀の日本は、いつまでも暑い。

広い庭の木陰に入ると涼しい風が吹いているが、虫も多い。祝いに集まった客たちはグラスや食べ物を載せた皿を片手に、庭と広間を行ったり来たりしている。

明治時代に地主が建てたという屋敷は立派なもので、庭に面した一階の大広間は吹き抜けになっており、二階の廻《まわ》り廊下《ろうか》から見下ろせる。珍しい本物の日本家屋が貸し切りなのをいいことに、みんな、新婚カップルそっちのけであちこちを経巡《へめぐ》り、談笑している。

龍太はさっきからずっと、犬に夢中だ。亮は、どこにいるのだろう。ま、いいや。そこらにいるだろう。

一枚板の長いテーブルの真ん中で、喜世美はウェディングドレスの裾が長いのをいいことに、靴を脱ぎ捨て、大股開《おおまたびら》きになってリラックスした。

披露宴なんて、と思っていたが、やってよかった。両親が喜んでくれたし、鈴枝と翔子の手を借りて着たドレスも、やはり、嬉し恥ずかし大得意だ。

庭では、和服姿に貫禄《かんろく》が漂う鈴枝が、雄高と話し込んでいる。

旅行ばかりしている雄高は、結婚なんぞは眼中になかったらしいが、物事を一人でぐいぐい進める鈴枝の頼もしさが気に入ったらしい。鈴枝のほうはどうなのかわからないけれど、あの二人が結ばれたら、鈴枝と義理の姉妹か。それは、ちょっと、アレだなあ。

翔子は粉川としゃべっている。

さっき、二人してシャンパンを注ぎに来たときのやりとりに耳をそばだてたら、映画の話をしていた。

『七年目の浮気』という映画で、マリリン・モンローが、ポテトチップスをシャンパンに浸して食べるとおいしいというシーンがある。二人はそれを実証しに来たのだ。

「僕、シャンパンって、初めてですよ」

粉川が言い、翔子も「わたしも」などと世間知らずな同調をした。

「これ、いっぺんやってみたかったんだけど、そのためだけにシャンパン買うのもねえ」

「話、弾んでるね」

　声をかけると、粉川のほうが「映画のこと、教えてもらってるんですよ」と応じた。

「内田《うちだ》けんじっていう人の映画にはまって、笑える映画に興味を持ったんだって。それまで、アニメしか見てなかったっていうから」

　翔子が続け、そこから先は粉川に話しかけた。

「わたしはスティーヴ・マーティンのファンなんだけど、ビリー・ワイルダーはスティーヴ・マーティンの師匠って感じの、すんごく素敵なコメディ作る人なのよ。でも、内田けんじもいいよね。パズルみたいで」

「ですよね。ゲームみたいによくできてるんだけど、笑えるのがよくて。不思議な感じですよね。ぼやーっとしてて、癒《いや》し系というか」

「あ、癒し系って言葉、嫌い」

「ですね。もはや、死語ですね」

「死語とかそういうんじゃなくて、なんか、嫌い」

　おやおや。ぼんやりの翔子が強く出ている。粉川の受け身なキャラクターが、そうさせるのか。

「じゃ、僕も頭から削除します。もう、生涯、癒し系という言葉は使いません」

確か、粉川は三十二になるはずだ。ということは翔子より年上なのに、敬語を使っている。ヘンな男だ。

でも、よかった。誰も、退屈そうにしてない。

わたしが、結婚ねえ。

喜世美は一人で、クスリと笑った。

こんな格好をして、みんなの前で婚姻届に署名して、「おめでとう」と言われ、照れ笑いでご祝儀をかき集めておきながら、実感がない。

亮を好きかどうかも、実はさだかではないのだ。

龍太が可愛い。それだけだ。

出会ってからすぐ、密接に勝山父子と付き合いだしたのも、龍太と過ごしたかったからだ。それが結婚にまで発展したのは、前の妻の真衣のせいだった。

三人でピクニックに行った帰り、勝山の家近くの道端で待ち伏せしていた真衣に遭遇した。

茶色の髪を長く垂らし、人気モデルそっくりの、かなり手の込んだ厚化粧をしている。ぴっちりしたジーンズにピンヒールのブーツをはき、ロングTシャツという若々しい格好だ。しかし、表情がなんというか、演歌だった。

すがるような目。赤い唇。ヒステリックに泣きわめくという、聞かされていた話が信じられない、どちらかというとおとなしい小動物のような雰囲気だ。そして、泣きそうな声で「亮ちゃん」と呼びかけた。

亮が立ちすくんだ。息を呑んで、押し黙っている。だが、目は魅入られたように真衣から離れない。

真衣は薄ぼんやりと微笑《ほほえ》み、ついで、腰をかがめて「龍太」と呼んだ。

龍太はさっと、喜世美の後ろに隠れた。喜世美の腰にしがみつき、顔を押しつけてくる。母親を見まいとしていた。

真衣の顔が、変わった。夜叉《やしゃ》のように、眉《まゆ》が吊《つ》り上がる。喜世美はとっさにしゃがんで、龍太を抱き寄せた。

真衣は視線を泳がせ、亮に焦点を戻すと、また「亮ちゃん！」と、今度は訴えるように呼んだ。

喜世美はすっくと立ち上がり、龍太の手を握って前に進んだ。真衣の肩をどんと突き飛ばし、龍太の手を引っ張って、勝山家の門を目指した。亮はほったらかしにした。

あの男は、真衣に心のどこかをつかまれている。喜世美には理解できないことだが、男のための女という生き方しかできない女に男が抵抗できないのは、無理からぬことかもしれない。

でも、いい。一生、男と女をやってろ。

龍太は一度だけ、父親と産みの母親を振り返った。だが、喜世美の早足に合わせて、小走りでぴったり寄り添う。

この子を、あんな女に渡さない。

そう思った。この気持ちは、なんだろう。ごく単純な独占欲、闘争心、それだけのことかもしれない。

家に戻り、何食わぬ顔で勝山の家族と話をした。龍太の着替えを手伝い、食事の準備を手伝った。

まもなく帰ってきた亮も、何も言わなかった。だが、奇妙に疲れた表情から、家族は悟ったようだ。その日の夕食は、ぎごちなかった。

龍太が眠るのを見届け、勝山家を辞した。送ってくれる亮に、歩きながら「わたしたち、結婚すべきじゃない？」と軽く言った。

「勝山さん、迷ってるんでしょう。わたし、いいわよ」

「でも」

亮は立ち止まって、戸惑いを見せた。

「本当に、いいの？」

「わたし、あなたの妻になりたいとは思ってない。龍太の母親役をやってみたい。面白そうだから」

それで決まったのだ。ウソみたい。人生って、不思議。これって、現実？

半年前まで、夢にも思わなかった展開だ。だが、龍太はまるで、クリスマスの朝、枕元《まくらもと》にあったプレゼントの箱から出てきたみたいだ。可愛くて、嬉しくて、仕方ない。

小さいうちだけよ。人はみんな、そう言う。それが正しいのだろう。自分の出来心を悔いる日も来るだろう。

だけど、それはその時のこと。

犬と転げ回っていた龍太が、目を上げてこっちを見る。

「龍太、おいで。ケーキ、食べよう」

呼びかけると、弾丸のように飛んできた。そして、ツルツルする白いドレスの膝《ひざ》によじ登ってくる。

「こらこら、手、洗わないと」

喜世美はドレスの裾をたくし上げて、やっこらしょと立ち、裸足《はだし》で龍太の手を引いて洗面所に向かった。

長い手袋をはずして胸元に押し込み、腕の中に小さな身体を抱え込んで、手と手を重ねて洗うのを手伝う。土汚れが流れ落ちていくのが、気持ちいい。水しぶきがじゃんじゃんドレスにかかるが、構うものか。こんなもの、ただの服だ。

かがみこむ喜世美の頭から垂れたウェディングベールが、龍太を覆う。龍太はベールの中で喜世美を振り仰ぎ、顔一杯で笑った。

信頼。

これより得難いものが、この世に二つとあるだろうか。

「喜世美さーん」

「田之倉ちゃーん」

「おーい、花嫁」

みんなが口々に呼ぶ声が、高い天井にこだまする。

「行こっか」

手袋のないむき出しの手を差し出すと、龍太がすぐにギュッとつかんだ。当たり前のように手をつないで、喜世美は龍太と廊下に進み出た。

曇り空でも陽《ひ》は差している。庭からの風が、ベールをふわりと持ち上げた。

解　説

瀧井朝世

世の中の価値観が多様化し、女性も生き方を自由に選べるようになったといわれる昨今。しかし、自由というものには不自由な側面もある。自分の選択に責任を持たなくちゃいけないなかで、何をどう選べば間違いがないのか。明確な指針も主義主張もない場合、人生設計はなんともやっかいだ。と同時に、生活環境や年齢によっては「恋愛しないといけない」「結婚しないといけない」「生きがいや目標を見つけないといけない」といった強迫観念に駆られて「婚活」や「自分探し」にいそしむこともあるだろう。自分自身を振り返っても、二十代は将来のビジョンがまったく浮かばず不安を感じることがあった。まあ今では、方向性はおのずと定まってくるものであるし、どうしても譲れないことが生じた場合は、選ぶか選ばないか迷う以前に行動を起こしているものだと知っているけれど。

漠然と生きているだけでも、世間はそこに何らかの理由をつけたがる。以前は結婚しないでいると「仕事に生きる女」という見方をされたものだ。どうして女性の生き方が

「結婚」か「仕事」の二択で片づけられてしまうのか、はなはだ疑問だった。その後、独り身の女性たちの生態について「独身貴族」だの「負け犬」だの「パラサイトシングル」だの、さまざまな名称があてはめられるようになった。でも、生き方を選択する時に、何らかのカテゴリーに入ることを基準に考えている人なんているんだろうか。そりゃ「セレブの仲間入りをしたい」「勝ち組と呼ばれたい」という人だっているだろう。しかし特別なこだわりもなく生きて辿《たど》り着いた現状について、たとえば「ああ、今流行《はや》りの○○ね」なんて言われると、いや別に流行にのったわけでもなんでもないんですけど、と戸惑いつつも愛想笑いでかわすしかない。

ここに登場するのも、気づけばひとりで生きているという状況の三人の女性たちだ。スナック菓子メーカー販売促進部勤務の矢代鈴枝、三十五歳。コンタクトレンズ販売店勤務の田之倉喜世美、二十九歳。通販業者の販売データ処理を請け負う会社勤務の二宮翔子、二十六歳。年齢も職業もバラバラの三人だが、昼時のカフェテリアで相席になった縁でランチメイトとして親しくしている。彼女たちの共通点は独身ということだけではなく、恋人ナシ、そして恋に重きをおいていないということ。恋愛を否定しているわけじゃない。それなりに出会いもあるしモテなくはない。ただ、ガツガツしていないだけなのである。無理せず気楽に生きている、そんな女たちの〝生態〟が、本音をたっぷり交えて語られていく。

この連作短編が『小説すばる』に連載されたのは二〇〇七年三月号から〇八年九月号まで。当時の世相や時事的な事柄が巧みに盛り込まれてある。少子化・高齢化が問題視されるなかで当時の厚生労働大臣が女性を「産む機械」呼ばわりしたとマスコミが糾弾したこと、元官僚が収賄容疑で逮捕され、家族もさまざまな恩恵を受けたことが明るみとなって「おねだり妻」との名称が生まれたことなどは現実の話。雑誌の「抱かれたい男」ランキングというのは長年『アンアン』で年に一度発表されていた「好きな男・嫌いな男」特集のアンケートにあった項目だ（〇九年以降十一年の現在に至るまで、この特集は組まれていない）。そうした出来事や風潮をうけての率直な会話は実に痛快である。

世代も異なる彼女たち、恋愛に消極的である理由はそれぞれだ。喜世美は恋にうつつを抜かすことができない性格。無理して恋人を獲得しようとするよりも、さっと身を引く引き際上手でもある（諦め上手とはあえて言わない）。翔子は、プライベートタイムはコメディ映画鑑賞三昧、自由に自説を展開しているブログを熱心に更新。一人暮らしを満喫している様子である。加えて、どうも生身の異性と対面するのは苦手なようだ。鈴枝は勤続十二年。単に生きるために働いてきたのであって、キャリアアップには興味がない。これ以上多くのものを手に入れたいと思ってはいない。永遠に続くものなんてない、とやや達観している部分がある。

と、三者三様の性格により、恋に能動的になれない女たち。三人の関係性にも注目したい。長年のつきあいでもなく共通の知人も想い出もなく、顔を合わせても気楽な世間話に興じるだけ。お互いの生活に深くは立ち入らないからこそ、率直に本音を語り合うことができている。人間関係の希薄さを悲観的に言う人もいるけれど、このような多少距離のあるつながりは今の時代、貴重だと思う。生活も価値観も個々人でバラバラとなっている今、ほんの少しの部分だけでも共感しあえる仲間がいるということは、精神衛生上とても大切なのだ。だからこんなお喋《しゃべ》り仲間がいる彼女たちが、ちょっぴり羨ましい。

さて。独身生活を謳歌《おうか》する彼女たちは何も頑《かたく》なになっているのでも強がっているのでも、もちろん開き直っているのでもない。自然とそういう生き方をすることになり、それを受け入れているのだ。そこに何の屈託も焦りもない。それがこの三人共通の最大の魅力ともいえる。他人と自分を比較することもしないし、他人の生き方を否定することもしない。独りよがりな満足感を抱いているわけではなく、自分にはちょっと何かが欠けているとも感じているようだ。このあたりのバランス感覚も、彼女たちの美点である。

例えば対照的なのが、「前向き嫌い」の章で鈴枝に「幸せになって」と言うかつての友人、亜沙子。相手のことを思っているようで、実は単に自分の価値観を他人に押し付けているだけという女だ。だって彼女のいう「幸せ」って何？ それは絶対的なもの？ 自分のものさしで人の幸不幸をはかるなんておこがましい（と、読みながら本気で腹が立った。こういう人は実際かなりいるものだ）。

そんな友人をやり過ごしたのち、鈴枝が心の中でつぶやく科白《せりふ》が秀逸だ。

〈何も考えず、ただ、生きてるだけだ。本当の前向きって、そういうことじゃないのか。〉

生きるって、基本はそうだ。そういうことなのだ。何がなんでも成長しなければならないとか、何かを獲得しなければならないとか、何かに到達しなければならない、なんてことはないのだ。高尚な目標がなくたって、明確な生きがいがなくたって、どこかのカテゴリーに属さなくたって、人は毎日を生きていく。生きていけるのだ。それでいいじゃないか。つまり、他人に迷惑さえかけなければ、好きなように自由に生きていっていいじゃないか。人生は、勝負なんかじゃないんだから。

……と結論づけると、自由気ままに一人で生きていくことが幸福だ、という主張が書かれた小説だと受け取られてしまうかもしれない。でも最終章を読めば、「おっ」と思うはず。そこにはある人の意外な、そして痛快な決断が書かれている。本書がいかに、独身礼賛でも恋愛否定でもなく、かといってやはり恋愛結婚こそ幸せと主張するのでもなく、その人の価値観で人生を選択すればいい、ということを描いているか、よく分かる結末である。そのフラットな目線に感心することしきり。

著者はこれまでにも現代人のさまざまな生き方を描いてきた。紙幅の都合上すべてを挙げることはできないが、アラフォーシングルのキャリアウーマンの日常を描いた『なんにもうまくいかないわ』、建設業界に足を踏み入れた女性が奮闘する『くうねるところすむところ』、世代の異なる女性二人の会話が楽しい『センチメンタル・サバイバル』、落語に魅せられた女性が登場する『こっちへお入り』、ジュリーファンの女性三人の悲喜こもごもを描く『あなたがパラダイス』、五十すぎの同窓生たちの人生模様が浮かび上がる『おじさんとおばさん』、夫婦が老後の趣味を模索する『人生の使い方』などなど……。今の時代をどう生きるか、人々の胸の内のかすかな迷いを鋭く、そして楽しく読ませてしまうその観察眼と描写力には恐れ入る。

十年後くらいに本書をはじめ、これまでに刊行されてきた平作品を読み返してみたいと思う。その頃には人々の、また自分自身の人生観はどのように変化しているのか。世相と照らし合わせて読むのも一興だ。そして、その頃著者がどんな小説を書いているのかも、非常に楽しみなところである。

初出誌「小説すばる」

「恋が苦手で……」　二〇〇七年三月号
「一人で生きちゃ、ダメですか」　六月号
「前向き嫌い」　九月号
「あきらめ上手」　十二月号
「キャント・バイ・ミー・ラブ」　二〇〇八年三月号
「相利共生、希望します」　六月号
「恋より愛を」　九月号

この作品は二〇〇八年十月、集英社より刊行されました。

集英社文庫　目録（日本文学）

集英社文庫

恋愛嫌い《れんあいぎら》

2011年10月25日　第1刷　　定価はカバーに表示してあります。
2011年11月26日　第2刷

著　者　平《たいら》　安寿子《あすこ》

発行者　加藤　潤

発行所　株式会社　集英社
東京都千代田区一ツ橋2-5-10　〒101-8050
電話　03-3230-6095（編集）
03-3230-6393（販売）
03-3230-6080（読者係）

印　刷　凸版印刷株式会社

製　本　加藤製本株式会社

フォーマットデザイン　アリヤマデザインストア　　マークデザイン　居山浩二

ISBN978-4-08-746751-2 C0193